전장의
저격수

전장의 저격수 6

요람 장편소설

초판 1쇄 찍은 날 § 2018년 4월 16일
초판 1쇄 펴낸 날 § 2018년 4월 23일

지은이 § 요람
펴낸이 § 서경석

총괄팀장 § 최하나
편집책임 § 이지연
디자인 § 신현아

펴낸곳 § 도서출판 청어람
등록번호 § 제387-1999-000006호
등록일자 § 1999. 5. 31
어람번호 § 제1-2885호

주소 § 경기도 부천시 원미구 부일로 483번길 40 서경B/D 3F (우) 14640
전화 § 032-656-4452 팩스 § 032-656-4453
http://www.chungeoram.com
E-mail § chungeorambook@daum.net

ISBN 979-11-04-91709-7 04810
ISBN 979-11-04-91580-2 (세트)

FUSION FANTASTIC STORY

요람 장편소설

전장의 저격수

6

도서출판
청람

전장의
저격수

Contents

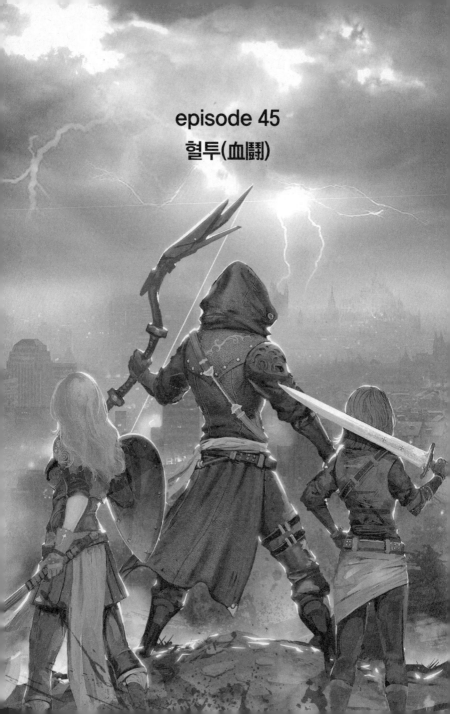

우수수 떨어지는 성벽의 파편을 맞으며 차샤는 이를 바득 갈았다.

짭퉁 마력포. 예전 나레스 협곡에서 한번 경험해 본 적이 있었다. 다행히 마도 제국 알스테르담의 마력포처럼 피격 후 폭발까지 구현해 낼 수 없었기에 망정이지, 만약 폭발까지 구현했으면 첫 번째 포격에 정말 반 이상은 죽어 나갔을 거다.

"단장!"

"괜찮아! 저거 몇 발 못 쓰니까 어떻게든 버텨!"

노엘의 외침에 차샤는 악을 쓰듯 명령을 내렸다. 짭퉁이라도 위험하긴 매한가지다.

고개를 내밀어 성벽을 급히 살펴보니 아주 제대로 파여 있었다. 저 상태로 몇 방 더 맞으면 성벽이 무너지는 최악의 결과가 나올지도 모른다는 생각이 들었다.

"이런 씨발……."

바람이 역으로 불었다.

북풍. 그 이전엔 북풍이 아니었는데, 갑자기 북풍으로 변했다. 하지만 말이 그렇다는 거지 차샤가 정말 바람을 느끼는 건 아니었다. 짭퉁 마력포가 다시 한번 가동, 포신에 저장된 마력을 모으는 과정에서 공기가 빨려 들어가 생긴 현상이었다. 포신에 새하얀 빛이 맺히기 시작하는 걸 본 차샤는 에휴, 하는 짧은 한숨과 함께 다시 크게 소리쳤다.

"한 방 더 온다! 알아서 피해!"

차샤의 외침에 전열을 가다듬던 아군이 다시 전부 고개를 숙였다.

쾅! 콰앙!

콰과광!

귀청을 찢는 굉음과 함께 성벽을 통해 육중한 진동이 찾아왔다. 비산했던 파편이 머리 위로 떨어지는 게 멈추고 나서야 다시 고개를 드는 차샤는 바로 주변을 훑어봤다. 다행히 성벽 위를 직격한 건 없었다. 전부 성벽에 박혔고, 보호 마법을 뚫긴 했지만 성벽을 무너뜨릴 정도까지 타격을 주진 못한 것 같았다.

하지만 이것만 해도 충분히 위협적이었다.

'왜냐고?'

우와!

둘격!

"미친놈들이……."

이 자체만으로도 적군의 사기가 상승하는 효과를 불러왔기 때문이다. 전장에서 사기는 굉장히 중요한 부분이었다. 정예병도 사기가 바닥을 치면 일반 병사한테 맞아죽기 십상인 곳이 바로 전장이었다.

사다리를 타고 올라오는 놈.

임충여공차(臨衝呂公車) 안에서 화살로 공격하는 놈.

"노엘!"

"왜!"

급한 모양인지 평소 쓰던 존대가 아니었다. 그게 웃겨 또 한 차례 실없이 키득거린 차샤는 용건을 크게 외쳤다.

"저 빌어먹을 공성 병기, 저거 어떻게 못 할까?"

"잠깐, 송!"

네!

귀엽고 작은 송. 그러나 활 솜씨만큼은 백발백중의 명사수다. 발키리 용병단에는 송을 포함한 활 솜씨가 좋은 단원이 여럿 있었다.

차샤는 노엘이 송을 부른 이유를 바로 알아차렸고, 막 사다리 위로 올라온 놈에게 시선을 줬다.

"왔니?"

"죽어!"

"싫어."

슈악!

목을 노리고 쭉 들어오는 창을 가볍게 피해내고, 서걱! 서걱! 팔꿈치와 무릎을 연달아 베어버리자 악! 하는 비명과 함께 앞으로 고꾸라졌다. 푹! 푹푹! 그리고 연달아 뒤에 대기 중이던 단원들이 마무리를 했다.

"아오, 끝이 없네, 진짜!"

"후후, 이제 개전 초기예요, 단장."

아리스가 여전한 웃음과 함께 혼잣말에 대답하자, 차샤는 쓴웃음을 지었다. 알고 있다. 이제 전투 시작한 지 30분도 지나지 않았고, 적의 꼴을 보아 이번 전투에서 끝장을 볼 생각 같다는 것도 알고 있었다.

"설마, 포기하게요?"

꾸역꾸역 밀고 올라오는 적을 보면 질릴 만도 했다. 아리스가 웃음기 가득한 질문을 던졌다. 슈각! 질문이 끝남과 동시에 그녀의 도가 적의 목을 갈라 생명을 뺏었다. 비틀거리는 적을 툭 치니, 실 끊어진 연처럼 성벽 아래로 떨어졌다.

"설마?"

서걱!

그녀도 질 수 없다는 것처럼 다시 달려드는 적을 베어 넘겼다. 그 직후, 섬뜩한 느낌이 등골을 타고 흘렀다. 본능적으로 고개를 비트는 순간.

투슝!

퍽!

그녀의 뒤쪽 벽이 터져 나갔다.

악을 바락바락 쓰고 있는 전장의 소리를 뚫고 날아온 익숙지 않은 소리.

'이거… 저격수?'

예전에 라블레스가에서 기습을 받았을 때, 거리를 가늠할 수 없던 거리에서 날아오던 저격수의 무기와 비슷한 소리였다.

"빌어먹을! 노엘! 저격수! 위치 파악해!"

"네!"

차샤는 이제 아주 잘 안다. 숙련된 저격수의 존재가 주는 그 어마어마한 무서움을. 아군이었기에 망정이지, 석영 같은 저격수가 상대에 있었다면? 어쩌면 나레스 협곡을 아예 건너지도 못했을 거라 차샤는 생각했다.

투슝!

퍼걱!

치안대원의 머리가 수박처럼 터져 날아갔다. 너무나 순식간이었기 때문에 현실감이 없었다. 풀썩 쓰러지는 치안대원을 보며 차샤는 이를 악물었다. 이거, 상당히 곤란하게 되어버렸다. 적진에서 이런 식으로 저격을 가해 오면? 제대로 싸울 수 있을 리가 만무했다.

"상황 아주 아름답다! 에이, 씨발!"

거친 욕설이 터져 나왔다.

이렇게 되면 최대한 적의 몸통을 방패 삼아 싸울 수밖에 없었고, 그럴수록 행동반경 또한 줄어들게 마련이었다. 차샤도 그렇고, 아리스도 그렇지만 발키리 용병단의 대다수가 근접전에서는 굉장히 변칙적인 스타일을 구사했다.

투슝!

퍼걱!

비명도 없이 또 하나의 목숨이 스러졌다.

그리고 이번엔…….

"씨발!"

발키리 단원이었다.

불과 몇 시간 전까지 같이 웃고 떠들던 동료가 머리 없는 시체가 되어 털썩 쓰러졌다.

까드득! 이가 갈리다 못해 아예 부러져 나간 것 같은 소리가 차샤의 비틀린 입술을 통해 흘러나왔다.

"레니!"

"레니 언니!"

동료들이 목 없는 시체가 된 동료, 레니의 몸을 잡아 끌었다. 저런다고 살아나지 않는다. 이미 레니, 그녀는 망자(亡者)가 되었다. 애절하게 부른다고 터져 나간 목이 다시 복구될 리가 없었다.

푹!

핏발이 잔뜩 선 채 막 사다리를 넘어오는 적의 옆구리에 쑤셔 박은 차샤는 생각했다.

'이렇게는, 이렇게는 안 돼……'

저격수의 존재가 벌써 적을 성벽 위로 올라타게 만들고 있었다. 지금이야 한 놈이지만 계속해서 넘어올 것이다. 인원수에서 절대적으로 밀리는 상태에서 이런 전개는 결단코 뒤가 좋지 않음을 차샤는 알았다.

변수.

혹은.

돌파구가 필요하다.

'하지만… 어떻게?'

도대체 어떻게 돌파구를 만들지? 대가리를 잘못 들었다간 한순간에 황천길로 떠나 버릴 텐데? 대체 이런 상황에서 어떻게 변수를 만들고, 돌파구를 만들어 전개를 뒤집을 수 있을까?

"단 한 사람의 존재가……."

이렇게 절실해질 줄이야.

차샤는 인정해야 했다.

그의 존재는 거대했다. 지금까지 모든 전투가 그가 없었다면 결단코 승리를 장식할 수 없었을 거라는 걸 깨달았다. 이러한 사실이 차샤를 지금, 비참하게 만들었다.

"단장!"

그런 차샤의 얼굴을 읽었나?

아리스의 호통이 날아들었다. 개인적인 무력으로는 차샤와 버금가는 동료. 일대일은 임기응변과 변칙 기술로 동등할지 모르겠으나, 지금 같은 대인전은 아리스가 오히려 낫다. 그래서 여유가 있다. 그리고 결정적으로 그녀는 이런 전쟁을 겪어 본 적이 꽤나 있었다.

"쏘리, 정신 차릴… 웃차."

서걱!

짧은 도가 막 성벽에 도착해 휙휙 칼을 휘두르던 적병의 목을 갈랐다. 사방이 적인데 저런 위협은 애초에 먹히지도 않는다.

투슝!

퍽!

익숙한 소리와 함께 피 분수가 또 터졌다. 그런데 이번엔 적군의 대가리가 터져 나갔다. 아군을 노렸겠지만, 동선이 꼬여 벌어진 참사였다.

떨어지는 피를 온몸으로 받아낸 차샤는 웃었다. 저 초보적인 실수를 보고 안 웃으면, 세상사 웃긴 일 하나 없을 것이다.

"그건 그렇다 치고, 아리스! 뭐 좋은 생각 없어! 이거 이대로는 좀 힘들 것 같은데!"

오만 가지 소리가 다 들리는 와중이지만, 아리스는 정확히 그 소리를 캐치했다. 그리고 고스란히 넘겼다.

"노엘! 단장이 묻는데! 뭐 좋은 생각 없냐고!"

"없어!"

빽!

노엘은 분주하게 지휘를 하는 와중에도 앙칼지게 한 소리 해줬고, 그 소리는 발키리 용병단의 심적 부담을 덜어줬다. 한결같은 지휘부의 모습 때문이었다. 이런 모습이 나온다는 것 자체가 아직 사기가 떨어지지 않았다는 뜻이다.

하지만 이것도 한계가 있다.

투슝!

픽!

치안대원 하나의 머리가 또 날아갔다. 아무리 조심해도 인간은 본능적으로 몸에 밴 행동이 나오게 된다. 적이 다가오면? 맞서 나간다. 이게 기본이다. 이런 절제력이 낮은 아군들

위주로 목이 날아갔다.

"일어나지 말고! 최대한 개새끼들이랑 동선 겹쳐서 싸워!"

노엘의 외침에.

"어머, 노엘이 욕을?"

아리스가 신기해했다.

실제로 노엘이 욕하는 경우는 거의 없다. 그런데 욕을 했다? 지금 그만큼 그녀는 짜증스러운 상태라는 뜻이었다. 하긴, 그럴 만도 하다. 저격수 하나가 지금 전개를 아예 개판으로 만들어 버렸으니까.

근데 그게 끝이 아니고, 적은 사다리를 타고 꾸역꾸역 밀고 들어오는 상황이었다. 최악도 이런 최악이 없을 정도였다. 하지만 물러날 수도 없는 상황이었다. 항복? 해봐야 결과는 뻔했다. 왕녀 정도는 살아남을지 몰라도 발키리 용병단은 무조건 전원 처형당할 게 분명했다. 정치 쪽으로는 잘 모르는 차샤가 보기에도 그건 확실했다.

투슝!

퍽!

움찔하는 몸. 그러나 짚단처럼 넘어가는 놈은 이번에도 적의 몸뚱이였다.

또 동선이 꼬였다. 이런 실수, 좋다. 아주 좋다.

'근데 무슨 무기지? 한 방에 머리를 터뜨리는 무기가 존재했

던가? 알스테르담의 마력총이라도 밀수한 건가?'

불쑥 드는 생각에 차샤는 고개를 저었다.

절대로 불가능한 일이었기 때문이다. 마도 제국 알스테르담. 앞에 붙는 설명답게, 마법 물품만큼은 대륙 제일의 제국이다. 생활 물품이야 교역으로 구매 가능 하지만, 무기는 절대로 반출 불가다. 들리는 소문으로는 한 달에 한 번 수량 검사를 하고, 한 정이라도 사라지는 순간 제국 정보력의 정점이라는 제국 첩보대가 나서서 대륙 끝까지 쫓아가서 회수하든지, 아니면 아예 복구 불가능으로 파괴시켜 버린다고 했다.

그러니 마력총이 여기에 있을 수 있을 리가 없었다. 예문상단이 아무리 능력이 좋아도, 제국을 적으로 삼고 살아남기를 바라는 건 너무나 어리석은 짓이다. 그리고 그걸 예문 상단이 모를 리가 없었다. 왕국 자체에서도 첩보대는 악몽인데, 겨우 일개 상단 따위가 그럴 배짱이 있을 리도 없었고.

'그럼 뭐냐고… 저 빌어 처먹을 무기는!'

깡!

까강!

저격수의 무기에 궁금해하는 와중에, 두 번의 격돌이 있었다. 이 두 번의 격돌에 차샤는 인상을 찌푸렸다.

달랐다. 제대로 가르려고 달려들었는데, 적병이 두 번이나 막았기 때문이다. 적병이 슥 상체를 낮추고는 사방을 날카롭

게 쓸었다. 자세만 봐도 알겠다.

"이 새끼, 평범한 병사는 아니구나?"

앞으로 슥슥 조금씩 나오면서 공간까지 만들려 하고 있었다. 뒤에 동료가 넘어올 공간을 만드는 행동이었고, 그걸 봐줄 차샤가 아니었다. 파바박! 생각은 나중! 지금은 오직 생존! 그것 하나만 생각해야 할 때로 변했다.

깡!

까강!

다시 세 번의 격돌.

쾌속하게 옆구리, 허벅지, 발목 뒤를 노린 공격이 전부 막혔다. 적의 검과 부딪칠 때 느껴지는 반탄력과 완력이 상당한 수준이다.

'기사급!'

쉭!

푹!

그러나 차샤가 더 낫다. 상체를 빙글 돌려, 위로 용수철처럼 튕겨 올린 도가 적의 왼쪽 허리부터 가슴 중앙 골까지 그었다. 무게 때문에 갑주를 안 입었으니, 가죽 갑옷 정도야 종잇장처럼 갈라 버렸다.

푸슉! 피가 튀었고, 그 피는 차샤의 안면을 새빨갛게 적셨다. 그러나 차샤는 웃었다. 그 비릿함에 인상을 조금도 찌푸리지 않으니, 살벌함의 극치를 보여줬다.

"큭……."

익숙한 신음을 흘리는 놈의 안면을 빡! 걷어차는 차샤.

"꺼져, 짜샤."

성벽 뒤로 넘어가는 적 기사. 그놈이 사라지자 검은 줄기 하나가 위로 솟구쳤다.

"잉?"

아주아주 익숙한 검은 줄기를 잠시 보던 차샤의 표정이 점 차 환해졌다. 그리고 뒤에서 환희에 찬, 정말 환희에 가득 찬 노엘의 목소리가 쩌렁쩌렁 성벽 위를 울렸다.

"저격수! 그가 왔다……!"

아주 단순하게 소리만 큰 목소리였지만, 이게 주는 의미는 어마어마하게 컸다. 들끓는 전의가 성벽 위를 가득 메워가기 시작했다.

고작 검은 줄기인데?

아니다. 남들에겐 그럴지 몰라도 발키리에게는 아니었다. 어둠을 잔뜩 머금은 시꺼먼 그림자는 저격수의 트레이드마크 였다. 그리고 그가 왔다는 뜻은 이 전투가 이제 전혀 다른 전 개로 흘러갈 것을 암시하는 것이기도 했다.

석영은 현재 왕도 프란을 성공적으로 잠입한 상태였다.

대체 어떻게?

쉬웠다. 프란 밖, 북동 방향 검문소 지하부터 왕도로 잠입하는 굴이 하나 있었다. 이런 게? 라는 아영이의 질문에 오렌 관리관의 답은 재밌었다. 가진 게 많은 놈들은 꼭 도망갈 구멍을 만들어놓는다는 대답이었다. 이해했다. 많은 것을 가질수록, 많은 이에게 원망을 살 가능성이 높아지니까.

어쨌든 그 땅굴을 통해 오렌 관리관이 붙여준 치안대원 셋, 아영이와 함께 왕도 프란의 북문 뒤쪽 상가를 통해 잠입했다.

들어왔더니 개판이었다.

중심가 쪽으로 나왔더니 왕성 쪽에서 벌어지는 공성전 때문에 아주 비릿한 피 냄새가 진동을 했다.

"아오… 냄새 쩌네, 진짜."

아영이 인상을 잔뜩 찌푸린 채 한 말에 석영도 고개를 끄덕여 수긍했다. 고블린이나 오크 같은 몬스터를 잡아 나는 피 냄새가 아니었다. 인간의 몸이 찢어지고, 갈라져 나오는 피 냄새였다.

게다가 시체 썩는 악취까지.

멘탈 보정의 효과가 없었다면 당장 도망쳤을 정도로 프란의 공기는 최악이었다.

"이제 어쩔 거야? 요?"

"어쩌긴, 왕성 쪽으로 가야지."

"거기 지금 개관인 것 같던데?"

"그래도 갈 생각이야."

"흐흐, 오빠 좀 변했네? 확실히. 흠흠, 좋아. 내 남자라면 이런 맛이 있어야지."

이젠 대놓고 들이대는 아영이다. 처음엔 좀 곤란했던 석영이지만, 이젠 익숙해졌다. 너무 익숙해지다 보니 이젠 대놓고 하는 농담에도 곧잘 반응해 주는 석영이었다. 물론, 지금 같은 상황이 아닐 때만.

"신소리 그만하고. 저기……."

"네, 앞에서 길을 열겠습니다."

오렌 관리관이 붙여준, 치안대에서 가장 강한 3인이라고 했다. 모두 차샤나 아리스급의 강자들이라고 생각하면 이해가 쉬울 거라는 말도 들었다. 그래서 석영은 꽤나 든든했다.

후방에 치안대 두 사람이 서고, 최전방에 가장 선임급 치안대원이 서고, 그 뒤를 아영이 받쳤다. 그리고 중앙에 석영이 섰다. 일단 기본 포지션은 이랬다. 좌우가 비지만 지금 장소가 골목이라, 현재로서는 이게 최선의 포지션이었다.

왕궁 쪽으로 조심스럽게 이동하는 석영.

이동은 신속했다.

앞에 확실한 인물이 받치고 있다 보니 길을 척척 뚫고 나갔다. 게다가 그는 왕도 태생이고, 심지어 뒷골목 출신이라고 했다. 그래서 이쪽 골목길은 누구보다 잘 안다고 하더니, 그게 빈말은 아니었다.

'음?'

한참을 달리던 석영은 저 멀리, 종탑을 발견했다.

"잠시."

"네, 무슨 일이십니까?"

반응이 기가 막히게 빨랐다. 석영의 말에 사방을 빠르게 훑은 치안대원 슈론이 다가와 물었다.

"저 종탑 잘 아십니까?"

"프리오스 종탑 말이군요. 네, 잘 압니다만."

"아니요, 이름이나 역사에 관한 게 아닙니다. 저곳을 거점으로 삼을 만한가에 대해 묻는 겁니다."

"거점이라… 일단 마법 방어가 기본적으로 걸려 있는 왕국의 유산입니다. 나왔을 때 폭발음을 들어보니 자체 개발한 마력포로 왕궁을 공격한 모양인데, 저 종탑은 알스테르담의 마력포로도 무너지지 않을 견고함을 자랑합니다."

"음……."

숨도 쉬지 않고 나온 설명. 긴 설명이지만 중요한 건 견고하다, 이 부분이다. 하지만 이것 하나로 무턱대고 거점으로 삼을 수는 없었다. 거리와 방어가 중요했다.

석영의 생각을 눈치챘는지, 슈론이 그 부분을 추가적으로 설명하기 시작했다.

"입구는 한 사람 내지 두 사람이 충분히 방어가 가능합니다. 뚫리지 않을 절대적인 능력만 있다면 말입니다. 왕궁과의 거리는 시력만 좋다면, 피아 구분은 가능할 겁니다. 정 안 되면 이걸 쓰십시오. 제국 첩보대의 저격 담당 대원이 쓰는 물건입니다."

주섬주섬 품에서 뭘 꺼내 하나 건네는데, 마치 지구의 초창기 안경같이 생겼다. 건네받은 석영이 그걸 눈에 걸쳐보자, 시야가 확 당겨졌다. 고성능 줌업 기능이 달린 안경? 감상은 딱 그랬다.

하지만 이건 정말 큰 도움이 될 것 같았다.

"처음 사용할 땐 좀 어지럽긴 하겠지만, 저격수님에게 그건 꼭 필요한 물건일 겁니다."

"전투가 끝나면 꼭 돌려 드리겠습니다."

"괜찮습니다. 프란 왕국을 구할 수 있다면 그 정도는……."

얼굴로 보이는 굳은 의지.

어쨌든 됐다.

석영은 아영을 바라봤다.

"지킬 수 있겠어?"

"흐흐, 날 뭘로 보는 거야, 이 오빠는? 약 빨고 싸우면 하루 종일도 버티고도 남지."

"믿는다."

석영은 다시 슈론을 바라봤다. 그는 석영의 눈길에 바로 길을 열겠습니다, 하고는 몸을 돌렸다. 종탑까지의 거리는 대략 2㎞ 정도. 적지 않은 거리였다. 이 안에 적이 우수수 튀어나올 가능성도 상당히 높았다.

"누구냐!"

지금처럼.

빠각!

갑자기 튀어나온 병사 하나가 슈론이 휘두른 단봉에 맞아 고개를 모로 꺾으며 쓰러졌다. 반대쪽에서 병사 하나가 또 달려들었다.

텅!

그걸 아영이 그대로 어깨로 들이받았다. 억 소리도 못 내고 날아간 놈은 그냥 바닥에 엎어져 푸들거렸다. 뒤이어 펼쳐지는 난전. 뒤를 지키던 치안대원 하나가 더 나섰고, 삼 대 다의 난타전이 벌어졌다. 치안대원은 특이하게 허리에 단봉 하나씩을 착용하고 있었는데, 이걸 기가 막히게 잘 다뤘다.

빡!

빠각!

단봉을 무슨 수족처럼 부려 달려드는 적병을 차례차례 후려치는데, 딱 보니 한두 번 해본 솜씨들이 아니었다. 때때로 몸을 노리는 날카로운 칼날은 왼 손목에 착용한 작은 원형 방패로 모두 흘려냈다. 그리고 흘려내는 순간, 단봉이 다시금 유쾌한 궤적을 그렸다.

빠각!

열댓이 넘던 적병이 순식간에 끙끙거리며 바닥에 누웠다. 꽈득! 꽈드득! 그리고 곧바로 손을 비틀고, 밟아 부러뜨렸다. 좀 눈살이 찌푸려지는 장면이었지만 석영은 이유를 알기에 잠자코 있었다.

"신호를 보낼 수도 있습니다. 불쾌하셨어도 이해하시길."

"이해합니다."

슈론의 말에 석영은 바로 답을 해줬다. 이들이라고 하고 싶어 이럴까? 각자가 가진 이념, 그 이념을 지키기 위해 혹은 왕국에 대한 충심으로 행하는 일인데? 석영은 딱 그것만 이해했다.

'어차피 이들이나 나나 다를 것도 없으니까.'

슈론은 다시 바로 달렸다. 대열은 금세 정비가 됐고, 좀 넓은 대로가 나왔다. 사거리 형태인데, 넓다 보니 이대로 달리면 분명 누군가에게 걸릴 가능성이 있었다. 하나 다행이라면 지금 왕성 쪽에서 벌어지는 공성전 때문에 이목이 중앙으로 쏠려 있다는 점 하나?

슈론이 슬그머니 고개를 내밀어 주변을 살펴봤다. 이어 손가락을 뒤로 내밀어 신호를 셌다.

셋, 둘, 하나.

파박!

내달리는 슈론.

뒤이어 아영이 뛰고, 석영도 시위를 쭉 당긴 다음, 바로 몸을 날렸다. 넓은 사거리를 쭉 가로지르는 석영의 일행. 안 걸리기를, 제발 몰라보기를, 속으로 잠시 생각했던 바람이 이번엔 통했는지 건너편으로 넘어가는 데 얼마 걸리지 않았다.

"후, 이제 금방입니다."

도착해서 짧게 숨을 고른 슈론의 말에 석영은 고개를 끄덕였다. 사실 마음이 좀 급했다. 들어오는 순간 마력포가 터졌고, 그 소리로 인해 지금 공성전이 재차 발발했음을 알 수 있었다. 버텨주기를, 부디 버텨주기를. 현재 이게 석영의 속마음이었다. 하지만 그런 속마음 때문에 슈론을 재촉하지는 않았다. 급하게 가다가 상황을 악화시킬 수도 있다는 걸 알았기 때문이다.

그렇게 도착한 프리오스 종탑.

시기 좋게 투숭! 하고 아주 익숙한 소리가 들렸다.

"어라······?"

아영이 즉각 반응했다.

저 소리, 미국에서 아주 질리게 들었기 때문이다. 저격총이 공기를 찢는 특유의 소리가 바로 저 소리였다.

"오빠?"

"우리 말고 다른 유저가 있는 것 같은데."

이런 상황은 솔직히 예상치 못했다. 그렇기 때문에 좀 당황스러운 석영이었다. 유저라면 분명히 지구인이다. 현대사회에서 이곳으로 넘어온 자들. 리얼 라니아가 자체 점검으로 인해 사라지고, 휘드리아젤 대륙이 대신 그 자리를 차지하며 곳곳에 퍼져 떨어진 자들. 이들은 적일까?

"어떡할 거야?"

"음……."

지금 결정을 내려야 했다.

저자가 이쪽에서 왕궁을 향해 저격을 가하고 있는 걸 보면 반군에 가담한 자다. 하지만 그 정도로 저 위에 있는 스나이퍼를 적이라고 규정지을 수 있나?

슈론의 굳은 얼굴이 보였다. 그 외에 플릭, 지옌이란 이름을 가진 치안대원의 얼굴도 한 번씩 돌아보았다. 이들의 얼굴을 보자, 정의가 딱 내려졌다.

'아군은… 이들이지.'

그래, 지구인이라고 내 동료를, 나의 아군을 상하게 하는 자를 두둔할 필요는 없지 않나?

'같은 고향인? 농담도…….'

피식 웃은 석영이 답을 내렸다.

"처리하자."

"응."

아영이는 이번만큼은 굳은 얼굴로 답을 내놨다. 이후 원래의 계획과는 다르게 천천히 탑의 계단을 올라갔다.

"일단 정리하고 아영이를 내려 보내겠습니다."

"아닙니다. 이곳은 저희 셋이 막겠습니다."

"음… 알겠습니다."

"부디… 왕국을 부탁합니다. 그럼."

슈론이 대표로 그렇게 답하고는 입구 문을 반쯤 닫고, 자리를 잡았다. 석영은 순간 대의는 뭔가, 정의는 뭔가, 하는 우스운 생각이 들었지만 곧 털어내고 천천히 계단을 올라갔다.

'대의? 정의? 지금 같은 시대에 무슨 대의와 정의를 찾나. 우스운 생각 마라, 정석영.'

종탑은 총 5층.

4층까지는 아무도 없었다.

석영은 일단 아영이를 잡아 바닥에 필담으로 의견을 보냈다.

내가 상대를 확인하고 바로 저격할게.

걸리면? 총구 들이대고 있음 오빠 대가리 그냥 날아가!

너라고 다를 것 같아?

내가 앞! 오빠가 뒤!

석영은 고개를 저었다.

그리고 빤히 아영이를 바라봤다. 불만 가득 한 아영이의 눈빛. 그 안에 깃든 호전적인 기운까지 석영은 느꼈지만 이번은 양보할 수 없었다. 아영이의 방패가 강화된 스나이퍼의 한 방을 지근거리에서 막을 수 있다는 장담이 서지 않았다. 어떤 것이든 생존 확률이 낮은 방법을 택해야 한다면, 적이라도 확실히 보낼 수 있는 방법이 있는 쪽이 옳다.

석영은 시위를 당겼다.

간다.

그렇게 말하고 먼저 움직이니 아영이가 소매를 잡았다. 입술을 꾹 깨물고, 눈빛으로 마음을 전해 왔다.

죽으면 죽을 줄 알아!

그녀의 눈빛은 딱 그렇게 말하고 있었다.

석영은 천천히, 정말 천천히 움직였다. 그러자 뉴욕에서 확인한 새로운 능력으로 인해 주변의 기운에 서서히 동화되어 갔다. 존재하나, 존재하지 않는. 마치 일본의 닌자(忍者)처럼 그렇게 움직였다.

그 모습에 아영은 얼굴에 시름을 덜었다. 뉴욕에서도 느꼈지만 지금 석영이 보여주는 움직임은 정말 신기함 그 자체였다.

그렇게 기척을 주변의 기운과 완전히 동화시켜 원형의 계단을 올라갔다. 5층의 입구가 보였다. 그리고 북쪽을 향해 거대한 대물 저격총을 겨누고 있는 군복을 입은 유저가 보였다.

'미안하단 소리 하지 않겠어. 당신과 나는 서 있는 위치가 다를 뿐이야. 그래서 죽는 거니까. 억울함은 빌어먹을 선택을 내린 스스로에게 물어.'

마음의 준비를 끝내고 슬쩍 한 발자국 더 나서는 석영. 그 한 걸음에 시야가 넓어지며 스나이퍼의 뒤통수가 보였다. 그리고 보이는 순간, 석영은 시위를 났다.

퉁!

퍽!

새까만 독아가 촌각의 시간 만에 공간을 좁혀, 스나이퍼의 머리를 꿰뚫었다. 동시에 4층에서 5층으로 올라서는 아영. 전투 준비를 이미 끝낸 그녀가 사방을 빠르게 살폈다.

"오빠, 올라와도 돼."

"후……."

다행히 적진에 선 유저는 하나였다.

스나이퍼가 있던 자리로 가니, 한창 공성전이 한창인 왕성이 적나라하게 보였다.

"지랄이네……."

"개판이군……."

둘이 비슷한 감상평을 내려놓고, 아영이 스나이퍼를 치웠다. 그리고 그가 있던 자리에 조심스럽게 선 석영은 시위를 당겼다. 표적은 없었다. 그저 이 한 발을 보고, 이곳의 기준으로 초인(超人) 저격수의 트레이드마크인 무형 화살을 보기를 바라며 저 드넓은 창공을 향해 시위를 놨다.

투웅……!

새까만 그림자가 하늘로 쭉 솟구쳤고, 석영의 바람처럼 발키리 용병단이 그걸 확실하게 파악했다.

그리고 이 순간을 기점으로 승리의 여신이 슬슬 자리를 털고 일어나 자신의 사랑을 내릴 방향으로 움직이기 시작했다.

전장을 순식간에 장악하기 위해서 가장 좋은 방법은?

이런 질문을 전문가들에게 묻는다면 여러 가지 답변이 나오겠지만, 가장 좋은 득표를 받을 의견은 아마 지휘부의 붕괴일 것이다. 컨트롤 타워, 커맨드 센터, 전략 지휘부 등등 각기 다른 방식으로 부르겠지만, 어쨌든 전투를 지휘하는 자들이 모여 있는 공간을 뜻한다.

"여긴 정말 딱이야……."

석영의 중얼거림처럼 종탑에서는 그 공간이 너무나 적나라하게 보였다. 하지만 어떻게? 어떻게 저 공간을 저격할 수 있을까? 거대한 원형의 철판으로 가리고 있는데? 일반적인 저격수라면 불가능할 거다.

하지만 석영은 가능하다.

타락 천사의 활.

강화+5로 강력한 추가 타격에 활의 기본 공격력은 아마 이곳 현실까지 통틀어 넘버원의 대미지를 자랑할 것이다.

두드드득!

퉁!

한 발을 쐈다.

새까만 줄기가 순식간에 공간을 좁혀 철판에 박혔다. 그리고 고속 회전으로 철판을 뚫고 그 안으로 쏙 들어갔다.

누가 맞았나? 솔직히 상관없었다. 석영의 의지는 그 안의 바닥이니까. 눈으로 보이진 않지만, 의지로 그렇게 설정했다. 타깃 설정은 못 했지만 그 궤적 안에 걸리면? 얄짤 없는 거다.

석영은 연달아 스무 발을 더 날렸다. 전투 중이니 뭐가 훅훅 지나가지만 그런 거에 신경 쓸 틈이 있을까?

생각했던 대로 석영의 저격은 효과를 남겼다. 철판으로 가려놓은 공간에서 튀어나오는 자들이 있었기 때문이다.

투두둥!

순식간에 석영은 그들의 대가리를 타깃으로 삼아, 세 발을 더 날렸다. 의지를 담은 한 발 한 발이 마치 추적 센서가 달린 미사일처럼 목표를 향해 쏘아졌다. 그리고 석영은 다시 철판 근처를 주시했다.

'나오기만 해……. 이번엔 진짜 모조리 죽여준다.'

여태 잊고 있었지만, 저기에 나레스 협곡의 기습을 지시했던 자가 있을 것이다. 어쩌면 이미 죽었겠지만 석영은 반드레이 공작 같은 자가 이렇게 죽지 않을 거라 생각했다. 왜, 있잖은가. 보스는 최후의 최후까지 살아남는 법칙이. 그 법칙이 어쩌 여기서도 통용될 것 같았다.

한참을 봐도 아무런 움직임이 없자, 석영은 다음 스테이지로 돌입했다. 이번엔 전장의 지휘관들이다.

'너무 잘 보이잖아?'

딱 봐도 튀는 자들이 있었다. 게다가 슈론이 준 마법 물품까지 착용하고 전장을 둘러보니 정말 무슨 잡초 사이에 핀 장미처럼 티가 확확 났다. 꼴에 높은 지휘에 있다고, 복장에 차이를 준 것 같다만, 그건 최악의 선택이 될 것이다.

"후우……."

최대한 화려한 복장을 한 새끼부터 석영은 타깃으로 잡았다.

퉁, 퉁, 퉁.

깔끔하면서도 둔중한, 타천 활 특유의 시위 퉁기는 소리가 리드미컬하게 울리기 시작했다.

석영은 타깃을 설정하고, 시위를 놓은 다음 결과를 확인하지 않았다. 이유야 당연히 할 필요가 없었기 때문이다. 너무

먼치킨 같겠지만, 타깃으로 설정되는 순간부터 석영의 저격에서 벗어날 길은 없었다. 소총에 버금가는, 아니, 100m 거리에서 실험 결과 약 0.5초 정도 먼저 표적에 도달하는 속도에다가, 뚫지 못하는 게 없는 타천 활의 강력함에, 의지를 받들어 타깃을 쫓아가는 추적 기능까지.

아마 석영의 저격에 죽은 이들은 순간적으로 의식이 블랙아웃당했을 것이다. 그 블랙아웃이 영원한 것인지도 모른 채 말이다.

순식간에 열 발을 내리 더 쐈다. 슈각슈각거리는 소리도 당연히 열 번 더 울렸다. 그리고 여지없이 지휘관으로 보이는 자들의 대가리를 죄다 날려 버렸다.

이번엔 소란이 일어났다. 옆에 있던 상관이 머리가 갑자기 픽! 소리와 함께 날아가는데 소란이 안 일어날 리가 없었다.

저격!

저격이다!

어디야!

막아!

살아남은 지휘관들의 악을 쓰는 소리가 용케도 혼란스러움을 뚫고 석영의 귀로 들어왔다.

"어머, 아주 발악들을 하시네? 흐훗."

아영도 그 소리를 용케 들었는지, 계단 사방을 경계하면서도 감상을 툭 내뱉었다. 석영은 잠시 몸을 돌려 벽에 등을 기 댔다.

지끈.

뒷골이 살짝 저려 왔다.

저격을 단시간 안에 30발 이상이나 쏴서 생긴 부작용이었 다. 이런 걸 보면 석영도 만능은 아니었다. 아니, 무적은 아니 었다. 정신력을 소진하면 결국은 석영도 범인과 다를 게 없으 니 말이다.

'정신을 잃을 테니 그것보다도 더 하려나?'

나레스 협곡의 전투가 떠올랐다.

이백의 기사단을 막으려고 처절하게 발악했던 기억. 정신력 은 깔끔하게 한계를 넘어갔고, 아영의 등장으로 구사일생했던 피 말리는 전투.

'하지만 이젠 다르지……'

석영은 느꼈다. 그때의 전투 때문인지, 정신력의 총량이 늘 었음을. 눈에 보이지는 않지만 이건 미국에서의 전투로 확실 하게 깨달았다.

만약 지금 수준으로 당시 나레스 협곡 전투를 치렀다면? 기 절까지 가진 않고, 모조리 머리통을 날려 버렸을 거라 자신할 수 있었다. 그만큼 석영은 성장했다. 아니, 진화했다.

종(種)의 진화.

아무도 모른다. 심지어 석영조차도.

신인류(新人類) 최초의 종이 은밀하게 탄생했다.

파스스…….

석영의 눈빛에 파르스름한 빛이 모였다. 아직 대낮이라 그 빛은 가까이서 뚫어지게 보지 않으면 확인이 불가능할 정도로 작았다.

"후우……."

물론 당사자도 모른다.

아쉽게도.

대신 석영은 통증이 가셨기에 다시금 시위를 당겼다. 그리고 다시금 전장을 살폈다. 대형 사다리 근처, 근접전을 지휘하는 자들이 제3스테이지의 표적들이었다.

슈론이 준 이 마법 안경은 정말이지, 아주 근사했다. 게다가 어떤 마법이 부여된 건지, 한 눈으로 볼 수 있는 시야 반경을 두 배 이상 넓혀줬다. 이러한 현상에 석영은 잠시 주춤했다.

'뭐지……?'

하지만 곧 자신에게 좋은 일임을 깨달았다. 지금은 전투 중. 의문은 나중에 푸는 게 무조건 정답이었다. 악을 쓰면서 보병들을 독려하는 자는 총…….

'스물… 인가?'

적지 않은 숫자지만 위치만 파악했다면 죄다 보낼 수 있었다. 대신 속사여야 했다.

휙! 다시금 모습을 드러낸 후, 석영은 무자비하게 시위를 튕기기 시작했다. 마치 폭죽이 터지는 것처럼 종탑에서 무형 화살 스무 다발이 각각의 시간 차를 두고 뻗어 나갔다. 그리고 완만한 궤적을 그린 뒤, 사다리 근처에 있던 보병 지휘관들의 대가리를 죄다 날려 버렸다.

무려 스물이다. 그 많은 전장 지휘관이 사라지면? 처음으로 찾아오는 건 당연히 정적일 거고, 그다음은? 혼란이다. 저렇게 대규모 군대일수록 명령 체계가 단단하다.

명령, 전달, 수행, 명령, 전달, 수행.

군대라는 것은 보통 이렇게 움직인다. 그러니 명령권자가 사라지면 군은 아무것도 할 수가 없었다. 기존에 내렸던 명령을 그대로 따른다? 그럴 수도 있다. 그럴 수도⋯⋯.

하지만 석영은 전쟁을 겪진 않았으나, 왜 그토록 많은 역사에서 장의 목숨이 떨어졌을 때 전투가 끝나는지 잘 알고 있었다.

목적을 잃는 것이다. 명령을 내린 장본인이 사라지니, 명령을 수행할 이유도 그 순간 같이 사라진다.

대장의 목이 그래서 중요한 거다.

퉁!

투둥⋯⋯!

시위는 여전히 튕긴다. 마법 안경의 확대 기능을 최대한 이용해 석영은 숨으려는 놈, 도망치려는 자들까지 모조리 대가리를 날렸다. 가끔 일타이피도 터졌다. 재수 없게 그 궤적에 몸을 욱여넣는 놈들이었다. 게다가 가끔씩 꽂히는 타락 천사의 심판. 그 벼락 줄기는 타깃의 근처에 있던 적병까지 같이 태워 버렸다.

마른하늘에 치는 벼락.

말 그대로 심판이었다. 하지만 너무 대놓고 쐈나?

"오빠, 걸렸음!"

"그러네."

그리고 그때쯤 석영의 존재가 걸렸다. 일단의 무리가 종탑을 향해 달려오는 게 보였다. 지휘 체계가 완전히 죽지 않았다는 점이 아쉬웠다.

"밑으로 내려갈래?"

"아니, 여기 있을래. 치안대원들에게 미안하지만 그들이 뚫려도 나는 여기를 최후의 선으로 잡고서 지켜야 할 것 같아."

"음……."

아영이의 답에 석영은 잠시 고심에 빠졌다. 솔직히 아영이 내려가면 든든하다. 그녀의 개인, 대인 방어는 굉장하니까. 하지만 그녀가 이 앞에 자리하고 있으면 더 든든하다. 치안대원들을 뚫느라 개고생한 놈들이 올라와도 아영이 떡하니 버티고 있으면? 좌절감이 들 것이다. 이제는 괴물 같은 그녀의 전투 센스를 누가 뚫을 수 있을까? 첫 번에 뚫으면 우와와! 하지만, 그 앞에 더 거대한 벽이 하나 있으면?

그런 거다.

"알았어."

"흐흐, 어쩐 일이래? 뭐, 수긍해 줬으니 됐음! 오빠 이제 마음껏 당겨!"

피식.

"잘 부탁해."

"오호, 오키엽!"

눈을 반짝이는 아영을 뒤로하고 석영은 다시금 전장으로 시선을 줬다.

석영의 저격은 전장 자체에 혼란의 꽃을 피웠다. 갑작스레 죽어 나자빠진 지휘관, 저격수의 등장에 몸을 숨기기 시작하는 지휘관, 이 자체 때문에 일순간 승기의 추가 기울었다. 반군에서 아군 쪽으로.

하지만 석영은 이렇게는 안 된다는 것도 알고 있었다. 지금 당장 기세는 죽여놨지만 성벽이 함락되는 순간 적군의 기세는 극적으로 되살아날 것이다. 그건 석영이 바라는 바가 절대 아니었다. 한 번 꺾인 기세, 그 기세를 완전히 불살라 버리고 싶었다.

'재조차 남지 않을 정도로 말이지……'

석영은 그런 한 방을 어떻게 꽂을 수 있을까 고민했다.

이미 지휘관들은 병사들 틈에 숨었다. 등신도 아니고 지휘관만 죽어 나가는데 대놓고 돌아다니는 놈이 있을 리가 없었다. 일부 간덩이 큰 놈들이 간간이 모습을 드러냈지만 그럴 때마다 퉁퉁, 곧바로 이어진 저격에 머리를 잃고 시체가 됐다.

뚫어!

이 새끼들 치안대원이다! 어디지? 어디서 들어온 거야!

종탑의 입구에서 악다구니가 들려왔다. 하지만 최정예 치안대원 셋은 종탑의 입구를 견고하게 틀어막고 있었다.

"오빠! 저거, 저거 못 박살 내?"

옆에서 아영이가 툭 던진 말. 그녀의 손끝을 따라가 보니 익숙한 형태의 공성 무기가 보였다. 임충여공차(臨衝呂公車). 석영에게는 그냥 충차. 예전 삼국지를 할 때 간간이 봤던 병기의 모습이었다.

그 하나가 성벽을 상당히 괴롭히고 있었다.

'가능할까?'

석영은 자신의 능력으로 저걸 부술 수 있는지 없는지 잠시 고민해 봤다. 원래라면 바로 고개를 저었어야 했다. 하지만 이상했다. 불가능하다란 생각이 곧바로 들지 않았다.

아영이 석영을 바라보며 웃었다.

"이상하게 오빠라면 가능할 것 같은 생각이 들어. 오빠 능력을 내가 가장 잘 아는데도 말이지. 웃기지?"

"아니, 나도 지금 그런 생각 중이야. 비켜봐. 집중 좀 해보게."

"응."

아영은 군말 없이 물러났다. 그녀가 물러나고 석영은 시위에 손가락을 걸었다. 그리고 의식의 집중. 하지만 이번엔 타깃을 쫓아가는 집중이 아니었다.

두드드드드득!

'굵게. 더, 더 굵게……'

이런 스킬을 배운 적은 없다.

석영이 배운 스킬은 가속, 더블 샷, 그리고 추적 샷이 전부. 타락 천사의 심판이야 활 자체의 옵션이다.

그런데 굵어졌다.

"오오……"

옆에서 지켜보던 아영이 감탄사를 흘렸다. 본래 성인 사내의 손가락 굵기였던 화살이 점점 굵어져, 팔목의 굵기까지 커졌다. 야구 배트? 딱 그 정도 사이즈였다.

지끈, 찌릿찌릿!

하지만 역시나 곧바로 뒤통수에 신호가 왔다. 무리하고 있다고 육체와 정신이 보내는 신호였다. 그러나 이미 되는 걸 두 눈으로 목격한 석영이다. 여기서 멈출 리가 없었다. 석영은 하나의 의지를 더 넣었다.

'폭발······.'

익스플로전(Explosion).

종의 진화는 전혀 새로운 세상을 밟고 있었던가? 석영은 하늘을 향해 그대로 시위를 놨다.

지잉······.

무음에 가까운 아주 미약한 진동음이 울렸다. 그리고 뻗어나가는 굵직한 화살 한 대. 마치 대형 발리스타에서 쏘아낸 화살처럼 하늘로 솟구치던 화살이 잠시 멈칫했다. 용케도 적의 시선이 하늘로 향했다. 그러기를 바랐나? 화살은 그 순간 수직으로 뚝 꺾였다.

슈가아아악!

표적은 충차다.

콰앙······!

콰과과과콱!

바닥까지 뚫고 들어간 굵직한 화살이 석영의 의지대로 거대한 폭발을 일으켰다. 밸런스 붕괴 스킬의 강림이었다.

비산하는 나뭇조각과 시체의 팔다리에 전장에는 침묵이 조용히 내려앉았다.

episode 46
저격수의 신위

차샤는 그 모습을 봤다. 성벽 위쪽으로 날아가 잠시 멈췄으니 못 보는 게 이상한 일이었다. 그리고 수직으로 꺾여 바닥으로 꽂히던 순간, 본능적으로 위험을 느꼈다. 빡! 달려들던 놈의 가슴을 걷어찬 뒤, 목젖을 잽싸게 가른 후 냉큼 상체를 숙였다.

"대가리 숙여!"

물론 경고를 날리는 것도 잊지 않았다. 그녀의 명령에 본능적으로 벽 아래로 고개를 숙였다.

콰앙……!

콰과과과곽!

그리고 타이밍 좋게 폭발음과 뭔가가 산산이 쪼개지는 소리가 뒤이어 들렸다. 또 잠시 뒤, 비산했던 나뭇조각과 신체 일부가 성벽 위로 떨어져 내렸다. 그리고 또 들렸다. 전부 여섯 번. 여섯 번의 폭음이 일어나고 나서야 폭발은 멈췄다.

"와… 썅!"

차샤는 가장 먼저 일어났고, 사태를 파악했다. 성벽을 그렇게 괴롭히던 충차는 완파되어 형태도 찾아볼 수 없었다. 그리고 그 주변에 있던 적병까지. 지름 10m 정도의 시꺼멓게 그을린 원이 있었고, 그 안에 그 주변은 아예 공터였다. 그게 총 여섯 개다. 보자마자 알 수 있었다. 완벽하게 박살 내버린 거다.

'이게 뭐지?'

차샤는 하도 기가 막혀 전투 중임에도 헐, 하고 탄성을 흘렸다.

"대체 무슨 짓을 한 거야, 너?"

이게 누가 한 짓인지 안 봐도 뻔했다. 뒤늦게 전장에 참여한 석영의 짓이었다. 새까만 화살이 기형적인 궤적을 그리며 지휘관을 조질 때 이미 알아봤다. 저 멀리 종탑에 자리 잡고 석영이 저격을 시작했다는 사실을. 그래서 용기 백배. 저격수 떴다! 정석영의 존재는 어마어마한 사기 상승을 이끌어냈다.

"아주 그냥 괴물이 돼서 왔네? 흐흐, 하지만 내 편이니까 용서해 준다, 흐흐흐."

초인(超人).

이 단어를 이름 앞에, 혹은 이름 대신 불리는 존재의 전장 합류는 그 정돈 충분히 가능했다. 게다가 실제로 목격했다. 적의 지휘부가 있던 곳을 난사로 뚫어버리고, 뒤이어 이어지는 전장 지휘관들의 대가리를 날려 버리던 것을. 더욱이 단한 발의 빗나감도 없었다. 원 샷, 원 킬. 딱 한 방이면 타깃은 전부 죽어 나자빠졌다.

성벽 아래쪽에서는 이미 혼란이 일어난 게 눈으로 보지 않아도 예상이 됐다. 이미 귀로 들렸으니까.

"흐흐……."

차샤가 이걸 놓칠 위인이 아니었다.

그리고 그녀가 굳이 말하지 않아도 움직일 또 한 사람이 있었다.

"저격수가 왔다! 다 밀어내! 밀어내서 버티기만 하면 우리의 승리다!"

노엘이 거친 외침이 터졌다.

하도 악을 써서 노엘의 미성(美聲)은 온데간데없이 사라지고 쩍쩍 갈라지는 쇳소리가 흘러나왔다. 게다가 말을 할 때 튀기는 침이 좀 붉었다. 아마 성대가 찢어져 나는 피가 침에 섞여 나오는 게 아닌가 싶었다.

하지만 그게 투혼이다. 투지다.

전장에서는 그렇게 보인다.

이미 상당수가 성벽 위로 올라왔다. 하나같이 칼 좀 쓰는 계급이고, 전투는 완전히 난전이었다. 차샤와 아리스가 없었으면 쓸려도 벌써 쓸렸을 것이다. 하지만 이제 상황은 완전히 변했다. 적의 기사들도 성벽 아래를 확인했다. 어처구니없는 참상이 펼쳐져 있었고, 이미 아군은 혼란으로 우왕좌왕하고 있는 게 보였다. 이런 상황에 전의가 들끓게 된다면 그놈은 틀림없이 변태가 분명했다.

깡! 까강!

전투가 속개됐다.

발키리 단원들의 이 악문 일격이 기사들을 공격했다. 처음에는 잘 버티고 오히려 압박을 가해 오더니 확실히 전의를 잃었는지 주춤하는 기색이 보였다.

"됐다……."

이거다.

이게 차샤가 원하는 그림이었다. 지금까지 단원들을 보호하느라 제대로 활개를 못 쳤다. 하지만 이젠 공격 일변도로 나가도 괜찮은 상황이 됐다. 그리고 이때를 기다린 사람이 한 명 더 있었다.

아리스.

초인은 아니나, 초인의 제자 출신인 아리스도 이제야 숨통이 트였는지 활짝 핀 미소를 베어 물었다.

"노엘!"

"왜!"

그런 그녀가 노엘을 불렀고, 갈라진 노엘의 대답이 들려왔다.

"나 이제 움직여도 돼?"

"마음대로!"

"오호호……."

노엘의 대답에 스산한 웃음을 흘리더니, 갑자기 은빛 섬광이 번쩍였다. 정말 말 그대로, 번쩍! 하고 피어났다가 사라졌다. 그리고 섬광이 사라진 뒤 진홍빛 꽃이 만개했다. 그 꽃은 섬광처럼 공간을 가른 궤적 끝에 걸린 목이 스르륵 미끄러지듯이 떨어지고 나서 잘린 혈관에서 피어난 꽃이었다.

흔히 피 분수라고 하던가?

단 하나의 피 분수가 상황을 또 요상하게 만들었다. 생각지도 못한 무력의 등장은 이런 일을 발생시킨다.

그럼 왜 이런 실력을 두고? 차샤와 마찬가지였다. 올라오는 적이 많아지자, 그녀와 아리스는 혼자 상대해야 하는 반경이 넓어졌다. 그러니 자연히 수비적으로 움직일 수밖에 없었다. 공격 일변도로 하나를 잡아 족치려 하면 자신의 좌우, 뒤

의 동료가 위험해진다. 이건 발키리 용병단 특유의 전술에서
는 아주 기본적인 사항이었다.

까닥까닥.

"넋 놓고 있을 시간이 있어?"

그리고 차샤도 움직였다.

병사가 아닌, 가장 사이드의 기사가 목표였다. 상체를 바짝
숙여 차샤가 달려드니 흠칫 놀란 기사가 반사적으로 검을 얼
굴로 찔러 왔다. 하지만 그 정도야 고개만 기울여 피한 다음,
그대로 하체에 제동을 걸며 도를 샤샥! 그으면 됐다. 손목, 그
리고 팔꿈치 안쪽을 단번에 그었다. 사다리를 타야 하니, 가
벼운 경갑주만 착용한 상태였고, 그 경갑주는 예리한 차샤의
도를 막지 못했다.

푸숙! 푸슈숙!

"아악!"

"시끄러."

그리고 단박에 상체가 붕 뛰며 회전했다.

빠각!

유려한 뒤돌려차기가 턱을 후려쳤고, 반동에 그대로 성벽을
넘어 아래로 떨어졌다. 사뿐 내려앉는 차샤의 머리 옆을 화살
한 대가 슥 스쳐갔다.

푹!

"커흑……."

깃만 내놓고 목에 제대로 꽂힌 화살 한 발. 컥컥거리면서 화살을 부여잡고 뽑으려 하지만, 그건 죽음으로 가는 지름길이라는 걸 아무래도 모르는 것 같았다. 하지만 기어코 뽑고 말았다. 그 결과 다시 한번 진홍빛 꽃을 피어났다. 순식간에 셋이 죽었다.

이미 공격의 의지는 죽어버린 기사들. 게다가 수도 열세인 상황이었다. 올라온 기사들은 고작 서른 남짓이고, 이쪽은 못해도 그 두 배에 이르는 전력이었다. 기가 꺾이기 전까지라면 모를까, 이미 사기가 뚝 떨어진 마당에 반항은 솔직히 의미가 없는 짓이었다.

차샤가 다시 움직이려는 순간, 결정타가 터졌다.

와아아……!

성문이 열렸다.

저쪽 전투가 어떻게 흘러간 건지 모르지만 성문이 열렸고, 안으로 밀려드는 병사들의 고함이 쩌렁쩌렁 왕궁까지 울렸다.

역도를 잡아라!

반역자들을 모조리 죽여라!

반드레이 공작의 목을 쳐라!

왕궁을 수호하라!

여왕님을 지켜라!

요약하자면 이런 구호였다.

이건 의도적인 구호였다. 이미 성문은 뚫렸고, 그러니 안쪽
의 적군의 사기를 반 토막 내기 위한 전략전인 구호였다.

뒤이어 지축이 울리는 소리가 들렸다. 성문을 뚫은 후, 기
사단이 대로를 타고 달려오고 있는 게 분명했다.

차샤는 어쩐지 좀 허탈했다.

"이거… 이렇게 쉽게 끝나는데? 나 뼈를 묻을 각오까지 했
는데? 아니, 저격수 하나가 판을 이렇게 바꾸나? 재밌다, 진
짜."

차샤가 피식 웃으면서 몇 걸음 물러났다. 그녀의 행동과 말
은 확실한 의미를 가지고 있었다.

성문은 뚫렸다.

아군이 쏟아져 들어온다.

니들의 사기는 개판이다.

저격수의 존재가 있다.

니들 지휘관 다 죽었다.

아까 봤지? 하늘에서 벼락 떨어지던 거.

충차 박살 나는 것도 봤지?

내가 이쪽에서 봐준다.

어때, 더 해볼래?

아님 칼 버릴래.

자, 선택해.

이런 의미들을 내포한 행동과 말이었다. 개떡같이 말해도 찰떡같이 알아들어야 하는 것처럼 여기서 내리는 선택에 따라 목숨이 오갈 것이라는 건 등신이 아니라면 전부가 알고 있었다.

챙강!

그리고 기사 하나가 칼을 버림으로써 선택은 한쪽으로 확 쏠렸다. 이미 성벽 아래 아군은 우왕좌왕 꼴이 말도 아니었고, 더 이상 성벽 위로 지원 오는 병력도 없었다. 여기서 개기면? 끝까지 반항하면?

눈 보듯 빤한 결과만 나올 뿐이었다.

결국 기사들은 칼을 버리고 무릎을 꿇었다. 그 모습에 차샤는 싱긋 웃었다. 하지만 살벌함이 장난 아니었다.

"시발… 아깝네. 끝까지 개겼으면 모조리 목을 따려 했더만."

이건 차샤의 진심이었다.

승기가 이미 완전히 기울었다. 솔직히 작정하고 덤볐으면 저

것들을 다 죽일 수도 있었다. 하지만 혹시 모를 피해를 입을까 봐, 안 그래도 피해가 이만저만이 아닌 상태라 자비를 베풀었다. 두루뭉술하게. 그런데 찰떡같이 알아듣고 다들 투항해 버렸다. 그에 짜증이 올라와 버린 차샤였다.

"하… 짜증 나."

아리스도 그게 짜증 나는지, 도를 집어넣지 않은 상태에서 애꿎은 바닥만 툭툭 찔렀다. 몸이 움찔움찔하며 피가 잔뜩 묻은 머리카락이 그때마다 흔들렸다.

"너, 너부터 한 새끼씩 이쪽으로 나와."

노엘이 장내를 정리하기 시작했다. 다른 쪽도 정리가 끝나갔다. 왕성 주둔군도 악착같이 끝까지 버텼다. 배수의 진이다, 어차피. 못 버티면 다 죽어 나가니 마음가짐 자체가 달랐고, 피해는 입었어도 끝끝내 버텨냈다. 잔당을 하나씩 꿇리고, 가져온 밧줄로 칭칭 감았다. 인정사정 봐줄 것 없이 아주 꽉꽉 조여 버렸다.

죄다 묶어버린 다음, 성벽 아래를 보고 있는 아리스 옆으로 다가가 슬그머니 물었다.

"아래쪽은?"

"정리됐네요. 다들 무기를 내려놨어요."

넓은 대로를 관통한 기사단이 넓게 대형을 펼쳐 적군을 포위하고 있었다. 그럼 포위당한 적군은? 아니, 반군은? 모두 무기를 버렸다. 포위한 기사단의 기세가 어찌나 흉흉한지, 사지를 잘라 살째 뜯어 먹고도 남을 흉포함까지 느껴졌다.

"아따, 살벌하네."

"저기 가장 앞쪽에 보니까 치안대 쪽 사람들 같은데요?"

"오렌 관리관? 아, 그 양반이야 왕녀님, 아니, 여왕님 사람이니 당연히 달려왔겠지. 노엘, 우리 이긴 거겠지? 그리고 이제 끝난 거지?"

어떻게 성문을 열었고, 성 밖 상황이 어떻게 된 건지 잘 모르지만 차샤는 이제 전투가 없을 거라 생각했다. 아니, 없었으면 좋겠다. 왕성 공성전이 시작되고 며칠이 지났는지 기억도 안 난다. 실제로는 그리 긴 시간이 아니었지만 심적 부담 때문에 정말 일 년은 싸운 것 같았다.

"아마도요. 이제 잔당 토벌만 남았을 거예요."

쉿소리 같은 노엘의 목소리.

그녀는 전투가 끝나자마자 전의 톤으로 돌아가 있었다.

"으이구, 이전이 더 좋은데."

"기강을 위해서는 어쩔 수 없어요."

"우리가 군이야? 기사단이야? 용병이잖아, 용병! 용병은 자유로움이 있어야지!"

"그렇게 풀어줬으면 우리 여기서 다 죽었을 거예요."

"아… 그건 인정."

노엘의 빡센 훈련이 없었다면, 그녀가 임관을 위해 배운 군용 전술을 실제로 익히지 않았다면, 어쩌면 진짜 이곳에서 벌써 뼈를 묻었을 수도 있었다. 그건 차샤도, 아리스도 인정하는 부분이었다.

잠시 아래를 내려다보던 차샤는 문득 한마디를 흘렸다.

"그런데 반드레이 이 개나리 조카 십팔 색깔 크레파스 같은 새끼는 어떻게 됐지?"

찰진 욕설이다.

반드레이 공작.

그는 지금 막 아영에게 뒤통수를 맞고 사로잡혔다. 그렇게 반란의 수괴가 잡히면서 프란 왕국의 내전은 막을 내렸다.

*   *   *

전후 처리는 굉장한 속도로 진행됐다.

마리아 여왕은 역시 보통이 아니었는데, 일단 반드레이 공작가의 가솔들을 모조리 잡아들이란 명령을 내렸다. 예문상단, 주란 후작가도 마찬가지였다. 그건, 즉 내전에 관련된 모든 이들을 잡으란 소리였다.

단 일주일.

오렌 관리관의 주도하에 왕도에 숨어 있던 모든 관련자를 잡아들였다.

이후, 숙청이 시작됐다.

여인이라고 봐준다?

그런 건 아주 조금도 없었다.

마리아 여왕은 정말 작정했는지 일정 선을 넘은 모든 관련자는 모조리 참수했고, 그 선을 넘지 않거나 아무것도 모르고 도왔던 이들은 전부 감옥에 집어넣었다. 그 외에 병사들은? 전부 왕국 각지에 있는 탄광으로 보내졌다.

아무것도 모른다 한들, 왕가에 칼을 들이민 죄는 사라지지 않았다. 다만, 3년. 3년만 일하면 평가에 따라 사면권을 준다는 카드를 내밀었다. 채찍을 호되게 치다가 슬그머니 당근을 내밀었다.

"대단하군."

노엘에게 상황을 듣던 석영은 그런 여왕의 방식에 혀를 내둘렀다. 철혈이다, 철혈. 그 순박한 얼굴은 완전히 가면이고, 그 안에는 철혈의 기질이 숨어 있었다.

석영은 자신을 제대로 바라보질 못하는 휘린을 가만히 바라봤다. 그녀는 내전이 터지고, 그 외의 걱정 때문에 굉장히 야위어 있었다. 몇 번이나 혼절했다고도 들었다.

죄책감이다. 휘린을 만나기 전에 차샤와 아영에게 그녀에 대한 얘기를 들었다.

"됐으니까 얼굴 들어."

용서?

글쎄, 잘 모르겠는 석영이다.

광장히 예전의 일이었던 것처럼 느껴져 사실 그에 대한 감흥이 별로 없었다. 그리고 아직 퀘스트가 끝나지 않은 마당이라 이런 관계는 석영이 거절이었다.

"용서한다는 거창한 말 안 해. 너와 내가 맺은 계약은 아직 유효하니까. 일단은 그것만 생각해."

"하지만……."

휘린이 기어들어 가는 목소리로 대답하자, 석영은 후우, 하고 짧게 한숨을 내쉬었다. 그래, 휘린은 강한 척을 했지만 원래 이런 성격이었다. 외유내강이 아니라 그 정반대라는 소리다.

"계약 파기할까?"

"그렇게 해도 저는 할 말이 없어요. 정말 죄송해요……."

피식.

죄책감이 가문의 재건을 뒤로 밀어낼 만큼 컸나 보다. 그래서 석영은 이런 생각이 들었다.

'어울리지 않네.'

이 여자에게 가문의 재건이란 큰 사명은 어울리지 않다는 생각이었다. 이미 한 번 몰락했다. 그러니 다시 일어서려면 독해져야 하는데 휘린에게는 그런 독심이 없었다. 타인을 짓밟고, 밀쳐서라도 올라가야 하는 데 독심은 필수다.

퀘스트고 나발이고 다 때려치울까? 란 생각이 들었지만 그러기엔 지금까지 투자한 게 아까웠다. 그리고 왜일까. 아싸로 살아서 그런 걸까? 휘린이 정말 동생처럼 느껴졌다. 아영이와는 전혀 다른 성향의 동생 말이다.

'얼마 안 남았다. 참고 가자.'

석영은 확실히 결정 내렸다.

시작했으니까 끝은 봐야겠단 생각을 굳게 먹었다.

"난 정말 괜찮으니까 이제 그런 소린 그만해. 그리고 앞으론 더 힘들 거야. 고난과 역경이 여기서 끝날 것 같진 않으니까 마음 단단히 먹고."

"……."

"대답은?"

"네……."

기어들어 가는 목소리로 나온 대답이지만 석영은 일단 여기에서 만족하기로 했다. 드륵, 하고 의자가 밀리자 휘린은 다시 고개를 번쩍 들었다.

"쉬고 있어. 여기 상황 정리 되면 바로 리안으로 갈 거니까. 그 전에 몸 최대한 회복해 놓고."

"네……."

그래도 두 번째 대답은 들어줄 만했다는 것에 만족한 석영은 방을 나왔다. 방을 나오는 차샤가 노엘과 함께 기다리고 있었다.

"그놈들은?"

"너 기다렸지. 지금 갈까?"

"그래."

그놈들.

치안대가 잡아들인 놈들인데, 정체가 모호하다고 했다. 석영은 오렌 관리관에게 그 소리를 듣고 혹시 몰라 한번 보게 해달라고 했다.

반역죄를 저지른 놈이라 본래는 힘들지만, 석영이 누군가. 내전을 종식시킨 인물이라 해도 과언이 아니었다. 전장의 승기는 석영의 저격에 확 바뀌어 버렸다. 지휘관의 궤멸과 충차를 박살 낸 어마어마한 파괴력을 내포한 공격이 반란군의 사기를 뚝 꺾어버렸고, 결과적으로 전투의 승기를 완전히 뒤집는 결과를 낳았다.

영웅(英雄).

요즘 석영에게 붙은 수식어였다.

왕성 밖, 임시로 만든 감옥으로 석영은 향했다. 천을 걷자 시꺼먼 옷을 입은 백인 사내가 보였다.

"정장이라……."

보자마자 알 수 있었다.

"양놈이네?"

같이 쫄래쫄래 따라온 아영이 백인을 보며 피식 웃었다. 뻐킹… 하고 욕설이 들려왔다. 헬로우? 아영이 그 말을 건네자마자 백인의 시선이 확 따라왔다. 아영은 짧은 영어 회화 실력으로 이것저것 물어보기 시작했다.

아메리칸?

아미?

유저?

이렇게.

하지만 그는 대답하지 않았다.

석영은 왠지 모를 위화감을 그에게서 느꼈다. 일단 손목이 없는 건 둘째 치고, 일반인과는 전혀 다른 분위기를 흘렸다. 유저? 유저도 아니었다. 석영이 수많은 유저를 만난 건 아니지만, 심의명도 이런 위화감을 주진 않았다. 그런데 그 위화감이 또 묘하게도 익숙했다. 이런 분위기를 가졌던 이들을 어디서 만난 것 같았다. 그런데 그게 어디였을까?

"아."

기억났다.

미국.

두 번째 몬스터 소환을 해결하러 갔을 때, 아니, 자신을 실험해 보러 갔을 때, 그때 만났던 한지원의 동료들이 이놈과 비슷한 분위기를 풍겼다.

'요원……?'

특수 요원.

이자는 훈련받은 요원이었다.

석영은 요 근래 발달한 감각을 통해 확신할 수 있었다. 석영은 아영을 잡아당겼다.

"왜?"

"저놈 특수 요원 같은데?"

"특수 요원? 미국? 영국?"

"국적이야 모르지. 입을 안 여는데. 하지만 아무래도 유럽보단 미국 쪽 같아."

"그럼 씨아이에이나 뭐 그런?"

"그렇겠지. 훈련받은 요원이면 아무리 고문해도 입을 안 열 가능성이 높아."

"뭐, 그렇겠지."

석영과 아영의 대화를 조용히 듣고 있던 백인은 입술을 꾹 깨물었다. 그리고 조금씩 몸을 떨었다.

"어, 이 새끼 왜 이래?"

아영의 말에 주변에 있던 치안대원들이 다가왔다. 떨림이 점차 커져갔다.

"어? 저자예요!"

뾰족한 외침에 석영은 뒤를 돌아보니 언제 왔는지 송이 백인을 보고 손가락질하고 있었다.

"저자라니?"

"그 왜, 나레스 협곡에서 도망친 자!"

"뭐……?"

차샤는 송의 말을 듣고, 인상을 싹 바꿨다. 장난기 감돌던 모습은 사라지고, 전장에서 날뛰는 흉포한 야수의 눈빛으로 돌아갔다. 근데 그건 차샤만 그런 게 아니었다. 아리스도, 노엘도, 그리고 아영과 석영까지.

특히 석영의 표정이 정말 볼 만했다. 나레스 협곡에서 석영은 정말 죽을 뻔했다. 몇 번이나 설명했지만 정말 아영의 난입이 아니었으면 그날 이곳 휘드리아젤 대륙에서 게임 오버, 현실에서도 게임 오버 당했을 것이다. 둘 다 죽음을 의미했다. 그러니 그날에 대한 기억만 떠올리면 분노를 느끼는 게 당연하다.

그런데 흉수가 여기 있네?

"너였냐……?"

차샤가 고개를 창살에 바짝 대고는 으르렁거렸다. 그러나 백인, 스미든은 입술을 꽉 깨문 채 몸을 계속 떨 뿐이었다. 눈빛도 매우 불안정하게 흔들리고 있었다.

석영도 가까이 다가갔다.

서방국의 특수 요원이 개입했다?

쉽게 넘어갈 일은 아니었다.

그때, 스미든이 입이 열었다.

"그, 그대가… 저격수인가?"

딱딱한 한국말.

석영은 스미든 말에 그를 가만히 보다가 입을 열어 대답했다.

"그런데?"

"나를… 풀어다오. 가, 같은… 지구 사람 아닌가."

피식.

이건 또 뭔 개소리실까? 뒤에서 아영이 중얼거린 말이 석영의 심정이기도 했다. 같은 지구인이니까 살려달라고? 그럼 그전엔 왜 죽이려고 했는데?

"나를 살려주면… 내가 속한 기관에서 대대적인 후사를 할 것이다."

"어디 소속이지?"

"그건 말할 수 없다."

"근데 뭘 믿고?"

피식.

이번엔 석영의 입에서 조소가 흘러나왔다. 꼭 있다. 이렇게 어쭙잖게 잔머리를 굴리는 자들이. 석영도 이런 부류의 인간을 꽤나 많이 만나봤다. 솔직히 목숨을 위협했던 적이다.

"대충 어딘지 예상은 가는데, 사람 잘못 봤어. 나는 적과 아군을 혼동하지 않으니까."

"…으으."

스미든은 이를 꽉 깨물었다.

알 수 없는 공포가 이미 그를 꽉 잠식하고 있었다. 훈련받으며 단련한 정신력 아니었으면 벌써 거품을 물었을 것이다. 공포에 미쳐 날뛰었을 것이다. 다행히 사지가 꽁꽁 묶여 있으니 불가능할 뿐이었다. 석영은 그런 스미든의 상태는 궁금하지 않았다.

"타인의 목숨을 노렸으면 자신의 목숨도 걸어야 하는 건 너무나 당연한 법칙 아닌가? 당신들 세계에서는 기본일 텐데?"

석영의 비수 같은 한마디가 스미든의 가슴을 푹 찌르자, 그는 결국 입술을 꽉 깨물어 피를 흘렸다. 그러자 치안대원 둘이 바로 난입. 입에 재갈을 물렸다. 자살을 막기 위함이었다. 석영은 그런 스미든에게 이상함을 느꼈다.

'왜 저렇게 떨지?'

아무리 봐도 요원이었다.

게다가 프란 왕국 내전까지 개입했다면 분명 실력 있는 요원일 터. 그런 놈이 고작 사로잡혔다고 벌벌 떠나? 눈을 게슴츠레 뜨고 놈을 살펴보다가 손목부터 날아간 팔이 시선에 잡혔다.

뭔가에 뜯겨 나간 상처 같았다.

'공포라……'

그리고 상처.

혹시 이 둘이 연관 관계가 있나? 하는 의문이 들었을 때 석영은 당시 나레스 협곡 전투에서 완벽하게 죽이지 못했던 장담하지 못한 저격 한 번이 떠올랐다. 절벽 위의 시꺼먼 뭔가를 봤고, 보자마자 바로 저격했다.

송이 그랬다.

이놈은 그때 나레스 협곡에 있었다고.

이 세 가지가 떠오르니 석영은 스미든이 공포에 떠는 이유를 알 수 있을 것 같았다.

'타천 활의 효과, 뜯겨 나간 팔, 그리고 지금 자신.'

석영은 슬그머니 타천 활을 꺼내 손에 쥐었다.

"우움! 우우움!"

스미든은 이제 완전히 공포에 질려 발악하기 시작했다. 사지를 비틀어대는 통에 강화 밧줄에 피부가 찢기는데도 몸을 뒤틀었다.

타천 활이 가진 기본 속성, 아니, 새롭게 개화한 속성이 있다. 타락 천사의 하위 계체 이성이 없는 몬스터도 도망치게 만들었다. 하지만 그래도 의문이 남는다.

'이곳 인간들은 그러지 않았는데? 효과를 못 느꼈잖아? 느

졌다면 그때 저격을 보고 다들 도망쳤어야지.'

그래, 그래야 정상이다.

하지만 아무도 도망치지 않았다. 그냥 저격이란 것에 공포를 느꼈을 뿐이었다.

'혹시 전염은 없다는 건가? 이놈은 직접 공격당해 느끼는 거고?'

그럴 가능성도 배제할 순 없었다.

따지고 보면 몬스터 소환에서 나오는 놈들도 타천 활의 공포가 먹히지 않는다. 먹히는 건 오직 리얼 라니아, 그리고 이곳 휘드리아젤 대륙의 몬스터들뿐이었다. 인간은 그 위에 계체. 말이 안 되는 건 또 아니었다.

하지만 석영은 여기까지 생각하기만 했다. 어차피 사람을 상대로 실험할 수도 없으니 말이다.

"저놈은 어떻게 되지?"

대신 놈의 처우가 궁금해졌다.

그 질문에는 노엘이 답했다.

"아마 사형일 겁니다. 반역죄를 저지른 내부 인사가 살아날 가능성은 한없이 제로에 가깝습니다."

"그렇군."

죽는단다.

같은 지구 출신의 유저지만 석영은 그가 불쌍하지 않았다.

석영은 등을 돌렸다. 이놈 말고 봐야 할 놈이 하나 더 있었다.

이 모든 일의 주모자.

반드레이 공작이었다.

반드레이 공작은 왕성 안에 있었다. 대역 죄인으로 분류되는 몇몇만 가둔다는 성 지하에 수감되어 있었다. 치안대원의 안내를 받아 도착하자 이미 마리아 여왕과 여왕의 최측근 오렌 관리관이 도착해 있었다.

"왔나. 그래, 좀 쉬었고?"

"네, 덕분에 푹 쉬었습니다."

"그거 다행일세. 왕국을 구한 영웅이 잠자리가 불편했다면 대륙 전체가 비웃었을 걸세, 하하."

그 냉정한 오렌 관리관이 오랜만에 농담을 던졌다. 많이 만나본 사람은 아니지만 석영은 지금 그가 기분이 매우 좋음을 알 수 있었다. 눈가에 피곤은 보이지만 왕국을 지켰다는 자부심, 안도감 등이 깊게 자리 잡고 있었다. 마리아 여왕이 조용히 석영에게 다가와 허리를 숙였다.

당황스러운 행동이다.

일국의 여왕은 분명 그에 걸맞게 행동해야 한다. 하지만 이런 행동이 오렌 관리관 같은 이의 진심 어린 충심을 이끌어냈을 것이다.

"고맙습니다. 프란 왕국을 대표하여, 저 마리아가 깊게 감사의 인사를 드립니다."

여왕이란 호칭도 뗐다.

"괜찮습니다. 저는 오렌 관리관의 의뢰를 받았고, 그를 수락하여 이 자리에 있을 뿐입니다. 과한 예는 오히려 부담스럽습니다."

석영도 가볍게 그 인사를 받았다.

아싸였을 때는 생각도 못 할 모습이었다. 사람을 많이 만났더니 이제는 제법 이런 부담스러운 인사도 능숙하게 받게 됐다. 상체를 세운 여왕이 웃는 낯으로 다시 말을 이었다.

"오렌 관리관에게 말해뒀지만, 왕가 차원에서 라블레스 상단과 발키리 용병단에게는 최대한 후사하겠어요."

"부탁드립니다."

사실 이걸로 휘린은 이제 가문 재건의 꿈에 한 발자국이 아닌 몇십 발자국을 성큼 내디뎠다. 아마 금은보화가 아닌 계약 이권 등을 챙겨줄 테니 말이다. 이제 남은 건 그녀가 얼마만큼 능력이 있는가에 따라 달려 있었다. 물론 석영도 따로 보상을 받을 것이다. 영웅이라 불리니 분명 장난 아닌 수준으로 말이다. 거기에 더해, 라블레스 상단의 재건에 힘을 매우 많이 실어줬으니 퀘스트 성취도도 꽤 많이 올랐을 것이다.

이번 전투.

석영에게는 여러 가지 의미로 좋은 것만 남게 했다.

마지막에 충차를 부술 때는 진짜 머리가 쪼개질 정도로 아프긴 했지만, 그것 덕분에 전투의 승기가 확 뒤바뀌었으니 분명 남는 장사였다.

"저잡니까?"

"그래, 저자가 반드레이 공작이다."

철창 안, 사지를 묶인 채 벽에 걸려 있는 봉두난발의 괴인이 보였다. 도망치다가 전투 구경 하던 아영이 발견, 휘황찬란한 옷을 보고 수뇌다! 하는 생각에 그대로 종탑에서 뛰어내려 쫓아가 잡은 놈이다.

설마 그때까지만 해도 반드레이 공작이 이 반역의 주모자일 줄은 생각도 못 했다. 그런데 웬걸? 아영이 뒷목을 잡고 끌고 온 놈을 보고 '엇! 반드레이 공작이다!' 하고 치안대원이 알아봤다.

참 골 때리는 일이었다.

안 되려면 뭘 해도 안 된다고. 설마 옷만 보고 쫓아갔는데 그게 반드레이 공작일 줄 누가 알았겠는가.

그으으…….

참혹한 매질? 보니까 봉두난발일 뿐, 상처는 없는 것 같았다. 수괴를 잡았는데 뭘 굳이 불라고 하겠나. 이놈의 목만 치면 그저 깔끔해지는 것을.

다만 기다리는 것이다. 혹시 이놈을 구하러 올 다른 예상치 못한 적을. 최소 1년은 가둬놓고 있어도 아무도 안 구하러 오면? 그땐 목이 떨어진다.

반드레이 공작이 고개를 들었다.

그리고 마리아 여왕도, 오렌 관리관도 아닌 석영을 바라봤다. 고개를 든 반드레이 공작의 얼굴이 보였다. 하지만 조명이 어두워 그런지 제대로 보이진 않았다. 석영은 그와 대화를 나눠보고 싶었다.

그런 생각이 들자 다리가 움직여 철창까지 순식간에 다가갔다.

"이거 열어줄 수 있습니까?"

"자네라면."

"그럼 부탁드립니다."

철컥! 철컥! 철컥!

무려 세 번의 잠금장치를 풀고 나서야 철창문이 열렸고, 석영은 안으로 들어갔다. 오물 냄새는 안 났다. 반역자이나, 한 나라의 공작이었던 자다. 나름의 대우가 아닌가 싶었다. 물론 길어야 1년 정도의 시한부 대우였다.

"자네가 저격수인가?"

걸걸한 목소리.

하지만 힘이 담겨 있는 목소리였다. 외모는 그리 빛나진 않지만 눈빛만큼은 제대로였다. 석영은 의문이 들었다. 그런데 그 때문에 픽, 하고 웃고 말았다. 그놈에 의문, 의문. 솔직히 진저리가 나지만 어쩌겠나.

'세상이 의문투성이인 걸.'

불친절함의 극치인 시스템.

리얼 라니아.

휘드리아젤 대륙.

제대로 알려진 게 하나도 없으니 어떻게 의문을 품지 않을까. 하지만 이런 생각은 잠시 접어두고 석영은 이자와 대화를 나눠보기로 했다.

"사람들이 그렇게 부르긴 해."

"그렇군. 자네가 내 모든 걸 망친 이군."

얼씨구?

"그런 당신은 타인의 모든 걸 망치려 했지."

크흐흐.

석영의 대답에 반드레이 공작은 낮은 웃음을 토해냈다. 웃음과 석영을 똑바로 바라보는 눈빛은 마치 그게 뭐 어떤데, 이렇게 말하고 있는 것 같았다. 이자, 자신의 사고가 매우 뚜렷한 자라는 걸 석영은 깨달았다. 보통 이런 자들이 이렇게 변한다. 현대사회에서는 이렇게 부른다.

갑질.

태어났을 때부터 금보다 비싼 다이아로 깎아 만든 수저를 입에 물고 태어났다. 사람을 부리고, 빼앗고, 이런 건 아마 일상이었을 것이다. 안 그랬을 수도 있겠지만 석영은 분명 반드레이 공작은 그랬을 거라 생각했다.

'이런 유형은 뼛속까지 개새끼지.'

웃음을 멈춘 반드레이 공작이 빤히 석영을 바라봤다.

"그러는 너는, 너도 너 자신을 위해 남의 모든 것을 빼앗았지. 특히 가장 중요한… 목숨을."

석영은 반드레이 공작의 말에서 이자가 지금 하려는 짓을 알 수 있었다. 일종의 복수였다. 물리적인 복수를 가할 수는 없으니, 죄책감을 이용한 심리적 복수를 하고 있었다. 그러나 석영의 사고는 매우 단단해진 상태였다. 종의 진화. 그건 육체뿐만이 아닌 정신에도 지대한 영향을 끼쳤다.

피식.

그러다 보니 새어 나오는 웃음을 참지 못했다. 석영이 웃자 꿈틀, 안면 근육이 잠시 경련을 일으키고, 눈빛에 불만이 자리 잡기 시작한 반드레이 공작.

"나는 당신에게 왜 이런 짓을 저질렀는지 묻지 않았어. 묻고 싶지도 않아. 궁금하지가 않거든."

"……"

"패자인 당신은 이렇게 묶여 있고, 승자인 나는 당신의 건너편에 서 있지. 이게 중요하지, 뭐가 중요해?"

심리적인 복수? 눈에는 눈, 이에는 이. 이럴 때는 함무라비 법전 방식이 최고였다. 석영은 거기에 한마디를 더 해줬다.

"그리고 당신이 내전에 성공했어도 어차피 뒤졌어. 난 날 노린 놈을 살려둘 만큼 자비가 넘치는 인간이 아니거든."

"크흐흐… 결국 너도 똑같은 놈이었구나."

"인간이 다 거기서 거기지, 뭘. 알잖아. 날 초인이라고 부른다며? 초인에 오른 이들이 육체적으로만 인간의 한계를 벗어났을까? 난 아닐 것 같은데?"

"……"

"그러니 그냥 개수작 그만해. 마음 같아서는 그 대가리, 내가 직접 날려주고 싶은데 저기 여왕 전하가 있어 참는 거야. 만약 전투 중에 내 눈에 띄었으면 넌 그 즉시 뒤졌어. 운 좋은 줄 알아."

석영의 입에서 나간 거침없는 말에 반드레이 공작은 결국 까득! 이를 갈았다. 평소라면 길길이 날뛰었을 거다. 그는 힘이 있었으니까. 죽여! 죽이라고! 팔다리를 죄다 찢어 들판에 던져 버려! 이런 명령을 서슴없이 내렸을 거다. 하지만 지금은? 상황이 변해도 너무나 많이 변했다. 그 자신은 사지를 묶인 채 가둬진 상태고, 석영은 그 앞에서 대놓고 조롱을 한다. 하지만 그 어떤 것도, 소심한 심리적 복수도 소용이 없었다.

인정하기 싫지만, 인정해야만 했다.

자신이 패자라는 사실을.

"다음 생이 있을지 모르겠지만, 그땐 좀 착하게 살아. 뭐, 제 버릇 개 못 준다고. 어차피 넌 쓰레기로 태어나겠지만. 그래도 그렇게 태어나면 빌어. 제발 그 생에는 나 같은 인간 만나지 않게 해달라고."

부들부들 떠는 반드레이 공작에게 피식하고 조소를 한번 던져주고는 뒤돌아섰다. 반드레이 공작, 솔직히 말해 이놈도 자신의 손으로 죽이고 싶다. 그때만 생각하면 아주 혈압이 쭉쭉 오르니까.

하지만 룰이 있었다.

이곳 휘드리아젤만의 룰이 있고, 석영은 그 룰을 굳이 어기고 싶지 않았다. 어차피 저렇게 되도 나중에 목이 떨어질 것이다. 이제 연연할 때가 아니었다.

석영이 밖으로 나오자 다시 철컥! 철컥! 철컥! 삼중 잠금장치가 가동됐고, 조명까지 뚝 꺼졌다.

"잠시 얘기 좀 할까요?"

"네."

여왕의 말에 석영은 고민하지 않고 답했다. 안 그래도 할 말이 있었다.

내전까지 올라가는 데 다시 10분. 왕가 전용 접견실까지 다시 10분. 다과와 차가 바로 나오기까지 5분. 그 후에야 대화가 시작됐다.

"앞으로 일정을 듣고 싶어요."

차를 한 모금 마신 마리아 여왕의 질문에 석영은 잠시 고민했다. 이곳의 상황은 이제 거의 진화가 됐다. 마리아 왕녀의 순박한 얼굴 뒤에 숨은 철혈의 기질과 철저한 오렌 관리관의 능력으로 인해 프란 왕국에 붙은 전쟁의 도화선은 거의 꺼졌다. 심지어 내전이 너무 빨리 진화되자 우르크 왕국도 군을 뒤로 슬그머니 물렸다. 더 치고받아 봐야, 잘못하면 군을 재정비하고 북상한 프란 왕국군에 포위되는 상황이 나올 수도 있기 때문이었다.

그러니 이제 프란 왕국은 문제될 게 없었다.

고로, 자신의 존재도 굳이 필요하지 않을 것 같았다. 물론 왕가에 말이다. 석영은 라블레스가, 그리고 휘린과의 약속을 잊지 않았다.

"휘린의 건강이 돌아오는 대로 떠날 예정입니다."

"그녀는 이곳에서 좀 더 머물러야 할 텐데요? 계약 문제도 있고, 추후 보상도 받아야 하니까요."

아, 맞다.

잠깐 깜빡했다.

쿡쿡쿡!

옆에서 아영이 숨죽여 웃었다. 그런 그녀를 한번 째려준 석영은 다시 입을 열었다.

"얼마나 끌 생각입니까?"

"어머, 끌다니요?"

하여간 만만한 여자가 아니었다. 그녀가 마음만 먹으면 질질 끌어 석영을 여기에 잡아둘 수도 있었다. 석영과 휘린은 마법의 힘이 깃든 계약서로 이미 맺어져 있다. 그러니 석영이 휘린을 방치하면 좋지 않은 결과가 나올지도 몰랐다.

"하아, 오랜 시간은 안 됩……."

지잉……!

말을 끝맺지도 않았다.

그런데 시야감이 변했다. 눈앞에 마리아 여왕이 사라졌다. 순백색으로 물들면서 눈앞이 하얘지더니 유리창 깨어지듯 세상이 사라지고 시야감이 되돌아왔다.

"…뭐냐, 이건?"

화장실이었다.

텔레포트 신녀가 무표정으로 석영을 반겨주는 정석영의 집 화장실 말이다.

"왁!"

동시에 아영이도 튕겨 나왔다.

철퍼덕 주저앉은 아영도 사방을 휙휙 살폈다.

이렇게 튕겨 나오는 이유는 하나다.

"강제 소환?"

그 말을 끝내기 무섭게 뇌리로 근질거리는 감각이 쏙 날아들었다.

지잉!

이건… 익숙한 감각이다.

시스템 공지

리얼 라니아 오류 복구 불가 최종 판단

리얼 라니아 폐기

상점 기능 오픈

다차원 신세계 휘드리아젤 대륙 유지

육체 강화 고정(+4)

차원 게이트 소환 예정(추후 업데이트 공지)

소환 타이머 가동

소환 구역 동유럽

남은 시간, 48:00

Good luck

공지를 다 들은 아영의 입이 스르륵 열렸다.

"굿 럭은 개뿔, 지랄하고 자빠졌네, 진짜… 아, 씨발!"

석영은 이번만큼은 아영의 말에 100% 동의했다.

비상!

갑작스러운 공지로 리얼 라니아 세계 폐기 소식과 다차원 휘드리아젤 대륙 유지 소식이 떨어졌다. 그 외에도 상점 기능, 육체 강화 고정, 그리고 3번째 몬스터 소환 소식까지. 이 소식을 담은 공지는 세계, 그리고 유저들을 혼란에 빠뜨렸다.

석영도 예외는 아니었다. 항상 모이던 것처럼 석영의 집에 모인 셋.

"리얼 라니아가 사라진다? 그럼 강화 주문서는?"

셋은 지금까지 벌어들인 수입으로 강화 주문서를 잔뜩 사났다. 하지만 생각해 보니 이제 창고에 몇십 장 안 남아 있었다. 아영은 거의 간당간당하다고 예전에 그랬고, 지원과 석영은 퍼스트 클리어 던전이 꽤나 많아 수입이 짭짤했다. 그래서 아직은 여유분이 좀 있다. 하지만 그렇다고 안심하기에는 일렀다.

"상점에서 팔지 않을까?"

"안 팔 수도 있잖아요… 힝."

지원의 대답에 아영이 울상을 지었다.

둘 다 일리가 있었다. 상점에서 팔 수도 있고, 안 팔 수도 있었다. 상점 기능이 아직 오픈을 하지 않았다. 즉, 까봐야 안다는 소리다. 팔면 그나마 다행이지만, 안 팔면……?

"곤란한데……."

이미 육체는 강화에 너무 익숙해져 있었다. 이 상태에서 강화 시스템이 사라지면? 아마 다시 평범한 인간으로 돌아갈 것이고, 몸은 거기에 적응하는 데 다시 오랜 시간이 걸릴 것이다. 최악의 상황이었다…….

'잠깐, 육체 강화 고정 공지가 있었잖아?'

석영은 그 생각을 떠올리고 나서야 너무 하나만 생각하고 있었다는 걸 깨달았다. 리얼 라니아는 사라지지만 강화 시스템이 건재하다?

'그렇다면 어떻게든 주문서를 구할 수 있다는 소리 아닌가?'

파는 게 아니라면 구할 수 있는 방법 또한 존재한다는 소리고. 그제야 석영은 안심이 됐다. 시스템이 아무리 지랄 같아도 업데이트가 이루어지면 분명 강화 주문서를 구할 방도는 알 수 있을 것이다.

"그건 걱정 안 해도 되겠어. 육체 강화 고정 공지가 있었으니까 주문서는 사라지진 않을 거야. 상점에서 팔든, 아니면 보상으로 주든 분명 구할 방도는 있을 거다."

"어, 그, 그러네……?"

피식.

아영의 대답에 지원은 웃었다. 뭐야, 언니 알고 있었어요? 하고 묻자 지원은 당연하지, 하고 고개를 끄덕였다. 처음부터 알려주지 않은 건 그냥 단순히 아영을 골려주고자 함이 분명했다. 석영은 그 외 공지에 대한 자신의 감상을 얘기했다.

"리얼 라니아가 사라진 건 좀 아쉽지만, 휘드리아젤 대륙을 생각하면 또 그렇지도 않아. 단순히 게임을 옮겨놓은 세상보다는 그냥 다른 차원의 세계가 훨씬 매력적이니까."

"그건 저도 인정해요. 이번 공지 따지고 보면 유저에게 그리 나쁠 것도 없어요. 창고 기능과 텔레포트 신녀는 그대로 뒀으니 리얼 라니아 대신 휘드리아젤 대륙으로 접속할 뿐인 거예요. 그리고 저도 게임 세계보단 휘드리아젤 대륙이 훨씬 더 좋아요."

이건 지원의 대답이었다.

그녀가 마지막에 한 말은 분명 그녀만의 이유가 있지만, 그녀는 그걸 굳이 얘기하지 않았다.

"나도, 나도, 그건 인정."

"음, 그럼 차원 게이트는? 이건 나도 정확히 뭔지 모르겠는데."

석영은 차원 게이트가 뭘 뜻하는 건지, 아직은 섣부르게 정의 내릴 수 없었다. 말 그대로인가? 다른 세계로 넘어가는 게이트? 아니면 휘드리아젤? 후자라면 신녀의 존재가 있을 필요가 없다.

"그런 거야 업데이트되면 알 수 있어요. 지금 가장 중요한 건 너무 빨리 재소환되는 몬스터예요."

"음, 그렇긴 합니다만."

이번에도 소환 지역이 설정됐다. 2번째는 안 해주더니만, 3번째는 다시해 준다. 아주 제멋대로인 시스템이 사람 여럿 곤란하게 만들고 있었다.

"동유럽이면… 가장 대표적인 게 러시아?"

"그렇지."

아영의 말에 한지원이 고개를 끄덕였다. 그런데 고개를 끄덕이는 그녀의 표정은 별로 좋지가 않았다.

러시아 연방국. 중국과 더불어 대표적인 공화국이다. 따라서 폐쇄적인 성향이 강하다. 국가적 성향이 굉장히 강경한, 세계 군사력 톱3 안에 반드시 들어가는 국가이다. 요즘은 많이 개방적이 됐다고는 하지만 돌아다니기 그리 편한 도시는 아니었다.

게다가 이제는 겨울이다. 삭풍이 몰아치는데, 러시아라? 아무리 육체 강화라 하더라도 거긴 진짜 감당 못 할 추위가 몰아칠 게 분명했다.

"패스하고 싶긴 한데……."

석영의 의견은 셋 전체의 의견과 비슷했다.

하지만 당장 그러기에는 곤란한 부분이 있었다. 왜냐하면…….

"주문서를 줄 수도 있어요."

"그러니까 말입니다. 상점에서 만약 주문서를 안 팔면 몬스터를 잡아야 하는데, 어쩌면 주문서가 소환 시 떨어지는 몬스터에게서만 얻을 수 있을지도 모릅니다."

"맞아요. 그게 문제죠."

한지원과 석영의 의견은 일치했다. 아영이야 뭐, 볼 것도 없고. 이건 고민해 봐야 할 부분이었다.

지잉, 지잉. 지원이 가지고 있던 또 다른 폰 하나가 울었다. 그녀가 소속된 부대에서 쓰는 감청이 불가능한 폰이다.

"잠시만요."

지원은 석영에게 양해를 구하고 빈방으로 들어갔다. 석영은 그녀가 잠시 자리를 비운 틈을 타, 고민을 계속했다.

러시아.

솔직히 끌리는 국가는 아니다.

인터넷에서는 장모님의 나라네, 뭐네 하지만 석영은 그런 거엔 관심이 없다. 소파에 앉자 TV를 틀어보니 아주 난리도 아니었다. 급변하는 상황을 언론이 따라가질 못하고 있었다. 겨우겨우 안정시킨 치안이 또다시 어그러질 조짐을 보이고 있다는 속보가 떴다.

겨우 이 정도로? 아니다.

항상 저런 골수 반란 분자들은 뭔가 새로운 게 터지기만 하면 그걸 빌미 삼아 난리 블루스를 쳐댄다. 문제는 리얼 라니아가 생기기 이전이라면 크게 보도될 내용도 아니다. 어차피 관심들이 없을 테니까. 하지만 지금은 강제로 안정을 씌워 놓은 상태. 언제 그 강제성이 유리처럼 깨져 불안이 가중될지 모르는 상황이다. 그러다 보니 저런 막나가는 종자들의 선동에도 흔들리는 사람들이 속속들이 나왔다.

게다가 이런 틈을 타서 움직이는 블랙 유저들. 이놈들이 진짜 문제였다.

벌컥.

한지원이 다시 나왔다.

"대령님이 오시겠대요."

"그래요?"

"네, 다행히 서울에 있었고, 지금 출발했다고 하니 두 시간 이내로 올 거예요."

"알겠습니다. 그럼 그때 상의하는 걸로 해요."

"네, 아영아."

"네, 언니?"

아영이 나는 아무것도 몰라요, 하는 표정으로 지원의 부름에 답했다. 순진무구한 건지, 아니면 복잡한 걸 정말 싫어하는 건지⋯⋯.

"너도 결정해 둬."

"네? 뭐를요?"

"갈지 안 갈지. 무작정 따를 생각하지 말고. 너 그러다 나중에 후회한다?"

"안 해요, 헤헤. 오빠가 가면 전 실처럼 그냥 따라갈래요."

아영의 대답에 지원의 눈이 살짝 가늘어졌다. 의심의 눈초리였다. 아영은 배시시 웃었다. 그러자 곧바로 이해했는지, 눈빛을 풀고 피식 웃은 지원이 아영의 어깨를 톡톡 쳐주고는 방을 나갔다.

이제는 아주 숨길 생각도 없는 아영이다. 하지만 그런 모습이 더욱더 아영다웠다.

'아이고······.'

석영이 고개를 절레절레 저었다.

자신이 가면 무조건 간다니, 참으로 낯간지러운 말이었다. 하지만 그 대답에 가슴이 훈훈해짐은 왜일까?

석영은 한 번도 느껴본 적이 없는 이 감정을 애써 무시하곤 자신의 방으로 들어갔다. 지금은 최대한 정보를 모집할 때였다. 하지만 당연히 공지에 대한 정보는 제대로 된 게 하나도 없었다.

*   *   *

칼이다.

정말 딱 두 시간 만에 도착한 장세미. 바지 정장 차림으로 들어온 그녀는 두 명의 여성과 함께 왔다. 둘은 스스로 정미경, 윤진아라 소개했다. 그렇게 셋과 한지원까지 빤히 바라보던 석영은 고개를 설레설레 저었다.

'무슨… 괴물 집단이냐, 진짜?'

해도 해도 너무하는 게 아닌가 싶었다.

둘 다 심상치 않은 포스를 풍겼다.

건너편에 앉아 있는 장세미의 뒤에 한지원과 함께 딱 서 있는 걸 보니 계급상 아래가 분명했다.

철저한 상명하복의 세계.

누가 봐도 나 군인이라고 광고하고 있었다.

'공적인 자리라 이거지?'

덕분에 아영만 안절부절못하고 있었다. 석영이야 이런 건 꽤나 경험했다. 학교에서도, 군대에서도, 사회에서도.

"단도직입적으로 묻고 싶습니다. 러시아, 가실 생각입니까?"

동맹 관계이기는 하나, 아직 말을 놓을 정도로 친해진 건 아닌지라 사십 줄에 들어선 장세미도 존대를 사용했다.

"생각 중입니다. 공지 상황을 본다면… 가는 게 맞는 것 같긴 한데. 아무래도 그쪽 땅은 움직이기가 너무 불편해서요."

"이동 자체는 저희가 도울 수 있습니다."

"내륙 얘깁니다."

"음……."

장세미는 이해했는지 작은 침음과 함께 고개를 주억거렸다. 러시아 내륙이면 얘기가 달라진다. 얼어붙은 땅. 그 옛날 정복욕에 불타던 민족들도 러시아 땅은 웬만해선 건드리지 않았다. 왜? 당연히 더럽게 추웠기 때문이다.

"바이칼 호 근처나 툰드라 지역이면… 솔직히 포기하고 싶습니다."

석영의 말에 이번에도 장세미는 고개를 끄덕였다. 석영은 기다리던 두 시간 동안 러시아에서 가장 추운 곳, 그리고 온도 등을 살펴봤다. 석영이 언급한 두 곳은 러시아 내에서도 악명이 높은 지역이었다. 최고 -50 이상 떨어지는, 그야말로 냉동 창고 저리 가라인 살벌한 기온을 자랑한다. 그리고 겨울인 지금이면… 아주 지랄이다.

"하지만 아직 지역이 확정된 건 아닙니다."

"네, 그건 그렇지만 내키지 않는 게 사실입니다."

동맹 관계이니, 한쪽에서 강제로 이래라저래라 할 수는 없었다.

"보온 기능과 활동성이 확실한 군복이 있다면 괜찮습니까?"

"음……."

이번엔 석영의 말문이 막혔다.

그런 게 있었나?

석영은 군복에 대한 확실한 개념이 있었다.

개쓰레기.

겨울엔 더럽게 춥고, 여름엔 더럽게 더운.

옛날 세대인 석영에게 군복이란 당장 불태워 버리고 싶은 옷이었다. 예비군 때문에 바로 못 태웠지, 그게 아니었다면 전역하자마자 가장 먼저 없애고 싶은 게 군복일 것이다. 그리고 이건 석영뿐만이 아닌 대다수의 전역자들도 같은 생각을 했을 거다. 하지만 과학은 발전했다. 그때보다 신축성이 좋고, 보온, 통풍이 잘되는 군복도 요즘엔 보급된다고 들었다.

전투화도 마찬가지다. 옛날 워커처럼 철판을 욱여넣고, 앞이 뭉뚝해 더럽게 무거운 게 아니라, 경량화에 보온성을 갖춘 전투화도 개발됐다는 기사를 스쳐가듯 본 것 같기도 했다.

"그런 게 있습니까?"

"네. 일 년 전, 리얼 라니아가 생기기 전에 러시아군이 만들었습니다. 보급화는 안 됐지만 지금은 오히려 가속도가 엄청 붙어 모든 러시아군이 착용하고 있습니다. 미군도 마찬가지고, 영국, 프랑스, 독일 등 웬만한 국가는 전부 개발을 끝냈습니다."

"제 말은 확실하게 추위를 막을 수 있는 군복이 있느냐를 물은 겁니다. 확실하게."

"물론입니다. 이건… 음, 전투복이라기보단 전투 슈트에 가깝겠군요."

아이언 맨이냐?

이런 생각이 불쑥 들었다가 사라졌다.

하지만 석영이 아는 이 여자들은 절대 없는 말은 안 하는 사람들이었다. 있다고 했으니, 있을 것이다.

'실제로 존재하면 얘기가 확 달라지지.'

추위가 없는 러시아라.

진짜 있기만 하다면 사냥할 마음이 충분히 든다. 닥쳐 올 미래를 위해서도 최대한 강해져야 하는 상황이기도 했다.

'슬슬 초반이 지나고, 이제 중반으로 들어선 것 같으니 대규모 업데이트가 오겠어.'

게임사가 흔히 하는 방법이다.

초기에 유저들 흥미를 제대로 못 잡으면, 대규모 업데이트로 이탈자를 막는 방법. 나름 좋은 전략이긴 하다.

"입수는 하신 겁니까?"

"물론입니다. 총 백 벌. 여분도 충분합니다. 각 벌당 사용 기간은 보조 배터리만 넉넉하면 무한입니다."

"음······."

무한이라.

불량이나 파손은 당연히 나겠지만 총 백 벌이면 움직여도 충분한 양이었다.

"좋습니다. 가죠."

"잘 생각했습니다."

장세미가 싱긋 웃으며 내민 손을 석영도 미소로 답하며 잡았다. 악수 한 번에 동맹 관계가 좀 더 돈독해지는 느낌이었다.

물론 바로 출발할 리는 없었다. 최초 공지 때 48시간을 잡았다. 아직 이틀의 시간이 남아 있었고, 석영은 자신의 상황을 설명하기 위해 휘드리아젤 대륙으로 접속했다. 매번 바뀌는 체공 감각을 겪은 뒤, 석영은 전에 튕겼던 장소에서 툭 튀어나왔다.

"악! 깜짝아……!"

차샤가 차를 마시다가 갑자기 나타난 석영을 보고 기겁을 했다. 그럴 의도는 아니었는데, 미안한 마음이 좀 들었다.

"뭐야? 설마 텔레포트?"

"신기하네요. 텔레포트는 실전된 마법일 텐데."

어깨를 움찔한 정도로 끝난 노엘이 차샤의 말을 받았다. 석영은 이걸 어떻게 설명할까 하다가, 그냥 설명하지 않기로 했다.

'예전엔 신전에서 나오더니, 요즘엔 아예 접속 장소로 보내주네. 하긴, 신전 로그아웃을 안 했으니 이게 당연하기도 하려나.'

석영은 차샤의 건너편에 앉았다.

"어떻게 온 거냐니까?"

"그런 게 있어. 나 사라졌을 때랑 비슷한 뭐, 그런."

"아, 그래서? 귀찮다, 이거지?"

차샤가 흥! 콧방귀를 꼈다. 고개도 픽! 마치 나 뿔났어요, 하고 옆으로 돌렸다. 노엘은 고개를 저었다. 석영도 쯔쯔, 헛웃음을 흘렸다. 씨알도 안 먹히는 짓을 하고 있었다.

슉! 아영이 나타나면서 왁! 하는 소리가 들렸다.

"악! 또, 또 뭔데! 아 진짜!"

안 먹히는 걸 알고 고개를 다시 석영에게 향하던 차샤는 아영의 등장에 또 놀라 펄쩍 뛰었다. 그 때문에 손에 든 찻잔에서 찻물이 튀어 그녀의 앞섶으로 떨어졌다.

"으뜨뜨!"

"아……."

그런 차샤의 모습에 노엘이 관자놀이를 짚고 고개를 절레절 레 저었다. 정말 창피했는지 아예 몸을 돌려 앉았다. 그게 또 차샤의 눈에 들어갔다.

"야, 노엘! 창피하냐? 내가 창피해? 어!"

"네, 매우많이엄청요."

많다는 단어가 세 개나 들어간 속사포 대답에 차샤가 어, 그래? 하고 시무룩 풀이 죽었다.

코미디다, 아주.

"너랑 닮지 않았냐?"

석영은 저도 모르게 아영을 향해 그렇게 물었다. 그러자 뿌 드득! 주먹에 힘을 주는 아영이를 볼 수 있었다.

"내가 저래?"

"거의."

"헐… 말해줘야지!"

"말해주면 고칠 거고?"

"응! 물론! 레알욤!"

아잣! 하고 앙증맞게 두 주먹을 움켜쥐지만, 그 모습에서 그 누구도 귀여움을 찾을 순 없었다. 그래서 이번엔 석영이 고개를 절레절레 저었다. 피곤하다. 건너편 차샤에, 옆에 아 영. 평소엔 정말 철부지들인 둘이 한 공간에 있으니 이건 뭐, 아직 대화를 시작도 안 했는데 진이 쭉쭉 빠지는 기분이었다.

"아, 진짜 고친다니까!"

"그래라, 좀."

성을 내는 아영을 가뿐히 무시한 석영. 석영의 시선은 노엘에게 향해 있었다. 이제부터 본론이다. 이곳과 지구의 시간은 일대일 비율이다. 똑같이 흐른다는 뜻이었다. 자신은 이제 러시아로 건너가 추운 곳에서 전쟁을 치러야 한다.

'아니, 사냥이 맞으려나.'

그 기간이 얼마나 될지 모른다.

'일단 장세미는 두 달 정도로 봤지.'

그럼 이곳에서도 시간이 흐르게 되고, 그 시간 동안 또 어떤 일이 벌어질지도 모른다. 이번처럼 내전이 벌어질지도 모르고, 아니면 타국과 전쟁이 벌어질 수도 있었다. 물론 석영이 프란 왕국 자체를 걱정하는 건 아니었다.

오렌 관리관? 마리아 여왕?

오렌 관리관은 몰라도, 여왕님은 솔직히 그다지 친분이 없어 어떻게 되든 크게 신경 쓰이진 않았다.

석영이 걱정하는 건 발키리 용병단과 휘린이다.

퀘스트도 걸려 있고, 안위도 걱정이 된다. 게다가 아직 자신에 대한 미안함, 죄책감을 전부 떨쳐내지 못했다. 저번에 말하긴 했지만, 더 확실한 설명이 필요했다.

"휘린 좀 불러주겠어?"

"그럴게요."

노엘이 바로 일어나 나갔다.

눈을 끔뻑이던 차샤가 물어왔다.

"왜, 무슨 일인데?"

"휘린이 오면 얘기해 줄게. 나름 중요한 얘기라 다 같이 들어야 하거든."

"그래? 그럼 기다리지 뭐."

쿨하게 기다린다고 했지만 입술은 비죽 튀어나온 차샤. 아이고… 감정에 참 솔직하다. 아마 먼저 말해주면 어디가 덧나나? 하는 마음 때문에 튀어나온 입술일 거다.

노엘이 휘린을 데리고 오는 데 걸린 시간은 10분 정도였다. 여전히 초췌한 모습을 본 석영은 한숨이 절로 나왔다.

헨리가 그녀의 뒤에 서고, 노엘도 차샤의 뒤에 서자 석영은 용건을 꺼내 들었다.

"일단 이것부터. 나는 대륙 태생이 아니야. 다른 차원의 사람이지."

음?

석영의 말을 들은 넷의 머리 위로 물음표가 두둥! 생겨난 것 같았다. 석영의 말을 이해하지 못했기 때문이다. 하지만 저런 말을 누가 이해하려나? 너무 앞뒤 잘라먹은 말이었다. 의외로 보충 설명은 아영이가 했다.

"저랑 오빠가 사는 세상을 지구라고 불러요."

"지구?"

"네, 우주, 태양계에 속한 지구. 저희가 사는 지구에 휘드리 아젤 대륙이란 곳은 없어요."

"아… 뭔 소리야, 이게?"

차샤는 역시 이해 못 했다.

하지만 이해시키려면 너무 힘들다.

"그냥 다른 차원에서 온 사람이라고 생각하면 돼요."

"차원 이동? 그런 게 가능해?"

"원래는 불가능한데, 어떤 미지의 힘이 작용했어요. 저희가 사는 별, 그러니까 지구를 별로도 불러요. 어쨌든 지구에 우주에서 날아온 거대한 운석우가 강타할 예정이었어요. 아니, 강타했죠. 원래라면 멸망했어야 했는데, 지구는 그때 멸망하지 않고, 이상한 일들이 일어났어요."

"그게 무슨 일이죠?"

이번엔 노엘이 받았다.

석영이 아영의 의외인 모습을 보고 호오, 하는 표정을 지을 때쯤, 아영은 목을 축이고는 설명을 이어나갔다.

"말로는 전부 설명이 불가능해요. 게임 비슷한 세상이 생겨나더니, 거기에 문제가 생겼다고 대뜸 이곳, 휘드리아젤 대륙으로 날려 보냈어요."

"누가요?"

"우리는 보통 시스템… 이라고 부르는데, 이쪽에선 아마 신이라고 생각하는 존재일 거예요."

"신이 실존하나요?"

"엥?"

노엘의 예상외의 답변에 이번엔 아영이 이건 뭔 소리야? 하는 얼굴이 됐다. 마법이 존재하는 세상이다. 그렇다면? 당연히 종교도 있어야 하는 게 아닌가? 게다가 신전까지 있는데?

"신을… 안 믿어요?"

"종교야 믿든 말든 자유죠."

"억… 대륙 전부가 그래요?"

"물론이에요."

"헐……"

아영은 이 부분에서 놀랐다.

그리고 석영도 놀랐다.

지구는 아직도 종교의 자유가 완전히 완벽하게 자리 잡지 못했다. 그건 중동, 시리아 내전만 봐도 알 수 있었다. 그런데 중세의 세계관을 가진 휘드리아젤 대륙이 종교의 자유가 완전히 정착되어 있다.

이건 정말 두 사람도 놀랄 일이었다.

지구의 중세는 십자군 전쟁, 마녀사냥 등등 정말 말도 못

할 역사가 가득했는데 말이다.

"와, 대박… 여기가 더 살기 좋을 것 같은 건 내 착각?"

"그래도 전쟁 통이긴 하다."

"아, 맞다."

대륙 정세는 솔직히 그리 좋지 않은 편이다. 지구도 국지전을 생각하면 심심찮게 미사일이 날아다니고, 폭격기가 운용되지만 그래도 여기처럼 전면전을 벌이진 않았다. 석영은 아영을 툭 쳤다. 본론으로 돌아가란 의미였다.

"흠흠, 어쨌든 그런 존재가 이곳으로 오는 방법을 만들었고, 지금 저희가 이곳에 있는 거예요."

"그래요, 그렇다 쳐요."

"아니, 그렇다 치는 게 아니라 사실이 그렇다니까요?"

"그러니까 그렇다고 치자고요. 설마 그런 말도 안 되는 일을 믿어… 아니지, 이 얘기는 그만. 이게 본론은 아니죠?"

"네……."

제법이다.

노엘이야 원래 저렇게 똑똑한 여성이라는 걸 알고 있었지만, 아영이도 제법 말을 잘했다.

'지능과 말하기 능력은 상관이 없는 건가?'

…하는 의문이 든 석영이지만 물론 입 밖으로 꺼내진 않았다. 이번엔 아영이 석영의 허벅지를 꾹 눌렀다. 그녀를 바라

보니 나머지는 맡긴다는 눈빛을 하고 있었다.

"흠흠, 일단 이 정도고. 우리가 사는 세계에 이상한 게 생겼어. 천공 수정이라고 하는데, 이 수정은 어느 시기만 되면 몬스터를 소환해서 한 지역을 지정해 뿌려."

"몬스터를요?"

"그래, 이곳의 몬스터보다 훨씬 강한 놈들이야. 같은 늑대 인간도 똑같지 않아. 강함은 못해도 서너 배 정도 우리 쪽에 소환되는 놈들이 세."

"그건 문제겠네요. 많이 나오나요?"

"적어도 수만은 떨어져. 많게는 수십만이었고."

"아……."

몬스터가 수습만이 떨어진다.

방비를 못 한 상태라면 국가 자체가 멸망할 수 있는 수준이다. 노엘도, 차샤도, 휘린의 표정도 딱딱하게 굳었다. 헨리야 항상 굳은 얼굴이라 티도 안 났다.

"그리고 내일, 몬스터 소환이 시작될 거야. 이번엔 더 강한 놈들이 나올 거고. 항상 그랬거든. 난이도가 계속 올라가."

"네, 이해했어요."

"그래서 부탁이 있어."

"부탁요?"

"그래, 난 그곳으로 갈 생각이야. 거창한 정의감은 아니지만, 가서 확인해 봐야 할 게 좀 있거든."

"그렇군요. 그래서 부탁은요?"

힐끔, 휘린을 잠시 봤던 석영이 말을 이었다.

"휘린을 부탁해."

"네?"

"네?"

석영의 노엘과 휘린의 답이 동시에 나왔다.

"못해도 몇 주는 걸릴 거야. 그 기간 동안 나는 휘드리아젤 대륙에 올 수 없다는 뜻이지."

"아아……."

노엘은 단박에 이해했다.

그리고 그건 휘린도 마찬가지였고, 대답 대신 고개만 푹 숙였다. 그녀는 아직도 죄책감을 전부 벗어던지지 못했는데, 석영은 끝까지 자신을 챙겨준다. 거기에서 오는 고마움, 미안함 등이 뒤섞여서 얼굴을 제대로 바라보지도 못하게 만들고 있었다.

석영도 그걸 알았다.

하지만 그냥 내버려 뒀다. 자신의 마음이야 충분히 설명해 줬다. 그게 진심이라는 것도 보여줬다. 그걸 휘린도 분명 느꼈다. 그럼 이제 남은 건 시간이다. 그녀 스스로 죄책감을 떨쳐 내고 일어날 시간.

그래서 석영은 그녀에게 더 설명하지 않았다.

"괜찮겠지?"

"네, 맡겨주세요. 참, 당연히 계약서 수정도 하는 거죠?"

역시 노엘이다.

의리는 의리고, 일은 일이라는 철저한 마인드.

석영은 오히려 그게 더 마음에 들었다.

"물론, 그건 휘린과 상의해서 수정해. 그리고 오렌 관리관한 테 뭔 말 없었어?"

"있었습니다. 용병이니, 금전적 보상과 몇 가지 혜택을 주겠다고 하더군요."

"도움이 됐으면 좋겠군."

"큰 도움이 될 겁니다. 용병 일 인당 오백 골드의 보상과 사망자는 천오백 골드, 그 외에 사망한 가족들은 프란 왕국에서 생계와 교육까지 책임진다고 합니다."

"죽은 뒤의 보상이라……."

말을 하는 노엘의 표정도 밝지 않았지만, 대답하는 석영의 표정도 당연히 밝지 못했다. 그렇게 안 그래도 사상자 때문에 기분이 좋지 않은데, 더 기분 나쁜 감각이 찾아왔다.

지이잉……

뇌리를 간질거리는 느낌.

공지가 떨어질 때의 딱 그 느낌.

석영은 아영을 급히 돌아봤다.

놀란 아영도 석영을 보고 있었다.

맞다.

분명 공지가 내려올 때의 감각이다.

'근데 왜 안 튕겨 나가지?'

…라는 생각을 할 때쯤, 공지가 떴다.

상점 오픈(스타팅 포인트)

차원 게이트 오픈(스타팅 포인트)

사용 설명서 전송(인벤토리)

차원 이동 반지 지급, 현 퀘스트 진척도에 따른 차등 지급(인벤토리)

Good luck

"굿 럭은 개뿔 시발, 진짜 지랄도 좀 정도껏 해라!"

아영의 악에 석영은 이번에도 격한 동감을 보냈다. 굿 럭? 지랄, 엿이나 처먹어라.

*   *   *

"호… 역시 상점에서 파는구나. 그런데 뭔가 다르군."

won.

실험 삼아 구매 버튼을 누르자 또다시 두 가지 선택이 떴다. GOLD, KRW. 이렇게 두 가지였다.

"원화?"

이게 가능한가?

대체 어떻게?

석영은 원화 버튼을 눌러봤다. 그러자 바로 눈앞에 쭉 뜨는 메시지.

소유하고 있는 원화가 부족합니다.

허허.

이 정도면 허탈한 웃음이 나올 만도 했다. 하지만 사용 방법은 알 수 있었다. 가격은 예전과 같았다. 십만 골드.

대충 확인한 석영은 다시 목록으로 돌아갔다. 이제 세 개 남았다. 소모품, 방어구, 무기. 석영은 일단 방어구를 확인했다.

"음……."

목록을 한번 쭉 살펴보는 석영의 표정은 별로 밝지 않았다. 그냥 가격과 이름만 있는데 이게 어떤 성능이 있는지 하나도 모르겠어서였다. 하나씩 눌러봐도, 그냥 아이템 이름만 있다. 설명 따위가 하나도 없다는 소리였다.

하지만 여태껏 겪어본 결과, 아주 미미하게나마 분명 성능은 존재할 거다. 특히 접두사가 붙은 아이템들은 말이다.

'직접 사서 밝혀내란 거야, 뭐야?'

하여간 그놈에 불친절!

게다가 가격도 만만치 않았다.

석영이 현재 착용하고 있는 갑옷도 있는데 그 갑옷의 가격이 무려 100만 골드다. 주문서 가격의 딱 열 배! 갑옷의 성능은 석영이 잘 안다. 미약하게나마 민첩을 올려준다. 하지만 이게 정말 크게 체감되는 건 아니다. 말 그대로 '미약'하게 올려주기 때문이다. 석영은 가장 비싼 방어구를 살펴봤다.

"헐……."

공이 몇 개지?

사십오억 골드.

미친 가격이었다.

석영이 아까 사체를 전부 처리해서 번 골드가 천하고, 오백만 골드다. 오거의 사체가 거의 천만 골드 가까이 떨어뜨렸다. 나머지 고블린이랑 오크 사체가 오백만밖에 안 된 거다.

"드랍으로 얻지 않는 이상 못 사겠군."

저걸 골드를 모아서 산다?

진짜 뼈 빠지게 모으면 가능은 할 것이다. 하지만 강화 주문서는 안 사나? 점점 적용 시간이 적어져서 이제는 딱 24시간에 고정되었다. 하루 사냥하려면 부위별로 아주 돈을 처발라야 사냥이 가능하다. 그런데 저렇게 돈을 모은다고? 글쎄, 석영이나 가능하지, 나머지는 아예 '절대' 불가능한 수준일 거다. 지금 수준에서 오거를 잡을 유저 또한 아무도 없을 테니까.

석영도 요즘 자금줄이 막혔다.

리얼 라니아가 사라지면서 그렇게 열심히 파놓은 최초 클리어 보상이 거의 들어오질 않았기 때문이다.

'그것만 건재했다면 몇 억짜리 방어구도 금방 샀을 텐데, 아깝게 됐어.'

유지도 못 할 세계를 왜 만들어서! 하는 불만이 생겼지만 금방 사라졌다. 애초에 끝난 일에 아쉬움을 느끼는 성격은 아니기 때문이다.

다음은 무기.

사실 무기는 볼 게 없었다.

'타천 활보다 더 좋은 무기가 있을 리가 없지.'

역시.

가장 비싼 무기가 라니아에서 타천 활의 두 등급이나 아래에 있는 무기다. 그리고 여기서 주목할 점은 무기가 방어구보다 최소 두 배는 비쌌다.

'오거 액스가 무려 이십 억……'

대박인 템을 아영이가 먹었다.

그러고 보니 OPG(오거 파워 건틀렛)도 더럽게 비쌌다. 만약 골드와 원화가 일대일 비율이면, 한지원과 석영은 아영이한테 빌딩을 통째로 건넨 거나 다름없었다.

하지만 아깝거나 아쉽지는 않았다. 파티원과 본인의 생존 확률을 올리는 데 엄청난 기여를 했으니까. 아영이가 만약 전투에 소질이 없었다면 그 무기를 주지도 않았을 거다. 김아영은 전투 민족이라 불릴 정도로 타고난 센스를 지녔다.

'그건 의심할 건더기도 없는 분명한 사실이지.'

그러니 아깝지 않았다.

석영은 무기 목록을 덮고, 마지막으로 소모품을 열었다. 역시 별것 없었다. 귀환, 순간 이동 이런 주문서는 사라졌고, 그냥 1단 가속, 2단 가속 물약과 기본 물약인 빨갱이만 덩그러니 있었다.

아, 숫돌 같은 것도 있었지만 어차피 석영은 파괴 불가의 무기를 가졌으니 필요도 없는 물건이다. 그런데 못 보던 게 생겼다.

가장 마지막.

"소모성 유저 증표? 뭐야, 이건?"

툭 눌러보자 이번엔 어쩐 일인지 친절하게 안내가 떴다.

30일, 시간부 유저임을 알리는 증표

안내는 심플했고, 덕분에 이해도 쉬웠다.

"유저 자격을 판다? 30일간? 이게 얼마… 지?"

골드로는 못 사고, 원화로만 사게 되어 있었다. 가격은 당연히 알 수 없었다. 현금을 바로 가지고 있어야 하니까.

석영은 모든 창을 종료하고 바로 PC방으로 갔다. 라니아 홈피에 접속하자 역시 상점에 대한 얘기로 가득했다. 그리고 소모성 유저 증표에 대한 내용이 가장 핫했다. 그리고 이미 유저 증표를 산 사람이 있었다.

"천만 원……."

한 달에 천만 원이다.

그럼 일 년이면 일억 이천.

그것도 원화로. 절대로 싼 가격이 아니었다. 뭐, 재벌들이나 현금 부자들이야 크게 부담되는 가격은 아니겠지만, 서민은 절대로 꿈도 못 꿀 금액이다. 하지만 언제나 그렇듯, 방법을 찾아낸다고 하더니 벌써 움직임이 있었다.

은행에 다니는 유저인데, 대출 서비스가 벌써 만들어질 조짐이 보이고 있단다.

"학자금 대출 같은 건가 보네."

하지만 쉽진 않을 거다.

유저는 죽으면 그대로 게임 오버니까. 그럼 빌려줬던 돈은 그대로 증발이다. 가족에게 물리지 않는 이상 말이다.

"참 대단하다, 진짜……."

석영은 알고 있었다.

어떤 방식으로든 유저 증표를 사려고 하는 사람이 늘어날 것이라는 걸. 왜? 목숨과 직결되어 있기 때문이다.

모르긴 몰라도 사체업도 분명 성업할 게 분명했다. 다만 문제는 돈을 돈대로 들어가는데 이익을 어디서, 어떻게 얻어야 할지 그게 문제였다. 하지만 석영이 잠시 생각 못 하고 있을 뿐, 이미 바꿀 방법은 있었다.

골드(GOLD).

화폐 이름만 골드가 아니라, 이건 진짜 골드였다. 그것도 크기의 50% 이상의 함유량을 가진 금화였다.

지이잉, 지이잉.

"응."

―오빠, 대박! 보고 있음?

"유저 증표?"

―응! 커뮤니티 아주 난리 났던데?

"그것도 보고 있고. 일단 집으로 와. 맞다, 지원 씨는?"

―언니 장 보러 갔다가 지금 오고 있대!

"알았어. 오면 얘기 좀 하자고 해주고."

─오키도키요!

뚝.

전화를 끊은 석영은 계속해서 마우스 휠을 굴렸다. 새로운 정보들이 속속들이 올라왔다. 미국은 USD가 필요했다. 환율 적용이 어떤 방식으로든 되겠지만 아마도 크게 차이는 안 날 것이다. 시스템은 이 세계의 균형에 아무런 관심도 없을 테니 말이다.

"잠깐, 이런 상태면… 러시아는 잘 넘어갈 것 같은데?"

국가 자체가 가진 루블을 모조리 투자하면? 그리고 자국 특전사나 군인들에게 강화 주문서를 사서 바르고, 아이템을 지급하면? 현대화 총기는 없지만 특전사들은 그 존재 자체가 흉기다. 어떤 무기를 줘도 평균 이상은 할 게 분명했다.

고블린? 오크? 그 정도는 칼 들고 달려들어 썰어낼 인간 흉기들이다.

루블만 정말 미친 듯이 투자하면 자력으로 지켜내는 게 가능하다.

"주문서까지 나왔지. 굳이 가… 야 하긴 하겠구나, 사체 얼으러."

사체가 돈과 아이템을 토해낸다.

그러니 가야 되는 건 이제 기정사실이다. 몰래라도 들어가서 썰고 와야 되는 상황이라는 소리다.

"아, 팍팍하네."

게임만 하던 삶이 갑자기 너무 변했다.

요즘 너무 황당하고 위험한 상황이 많아서 잠깐 잊고 있었는데, 지금 생각해 보니 인생에서 이렇게 열심히 움직인 적이 있었던가 싶을 정도로 1년이 바빴다. 정말 정신없이 달려온 느낌? 딱 그런 느낌이었다.

속보!

기사가 올라왔다.

라니아 홈피는 어지간한 매체보다 훨씬 빠르게 정보가 올라온다.

러시아 국가 보유 루블 전체 투입

대대적 유저 양성!

바실리 대통령, 타국 지원 요청하지 않을 것!

러시아는 발 빠르게 움직였다. 이번 소환은 동유럽. 지구에서 동유럽으로 분류되는 거의 모든 지역이 러시아 땅이었다. 석영은 국제 정세는 잘 모르지만, 바실리 대통령이 이런 결정을 한 이유를 알 것 같았다.

미국은 제대로 썰렸다.

세 개의 대도시가 몇 년을 복구해야 할 정도로 망가졌다.

그러니 이건 도전장이다. 미국에게 보내는. 러시아와 미국의 사이가 안 좋은 거야 전 세계 모든 사람이 안다. 이번 소환을 자력으로 막아냄으로써 미국을 조롱할 의지가 아주 적나라하게 들어가 있었다.

"쯔쯔……."

그래서 석영은 혀를 찼다.

러시아는 지금 대단히 잘못된 생각을 하고 있다. 소환은 횟수를 거듭할수록 반드시 업그레이드된다.

보스 몬스터라 할 수 있는 놈도 분명 더 강한 놈이 나올 거다. 이전엔 오거였으니까, 다음엔 사이클로프스(Cyclops) 정도가 나오고도 남았다. 석영이라면 잡는다. 대미지를 제대로 박아 넣을 수 있는 타천 활이 있으니까.

하지만 현실은?

"글쎄……."

과연 사이클로프스의 숨통을 끊을 강자가 현재 러시아에 있을까? 물론 상점 기능이 생겼으니 무기 상점에서 80억 가까이 주고 가장 좋은 무기를 사면, 상대는 가능할 것이다. 하지만 괴물과의 전투는 또 다르다.

지잉.

─오빠! 지원 언니 왔어요!

장 보러 갔단 사람이 참 빨리도 왔다.

잠시 인터넷을 끄적이던 동안 한지원이 아영이와 함께 집으로 찾아왔다.

"오빠, 하이루!"

"아까 봤잖아."

"흐흐, 그건 아까고, 지금은 지금이고!"

호호.

한지원은 그런 아영이를 흐뭇하게 잠시 보더니 평소 앉던 자리에 앉았다. 석영도 그 앞에 앉았다. 아영이는 석영의 바로 옆자리에 딱 달라붙어 앉았다.

"러시아 내용은 들으셨죠?"

"네, 좀 전에 확인했습니다."

"바실리가 아무래도 노망이 났나 봐요."

"아는 사이입니까?"

"카게베 출신이에요. 현장에서 몇 번 마주친 적 있죠."

어이쿠다, 정말.

현 러시아 대통령을 현장에서 만났었단다.

"물론, 아주 어릴 때 본 거라 그쪽은 저를 잘 모르긴 할 거예요, 후후."

거짓말.

아무것도 모르는 석영이 보기에도 아마 그건 아닐 것 같았다. 정보 요원 출신 대통령이 한지원을 모른다? 지나가던 개도 웃지 않을 소리였다.

"작전은 예정대로 진행됩니까?"

"물론이에요. 러시아는 아마… 아니, 분명 제대로 이번 상황을 정리 못 할 공산이 커요. 그러니 저희가 가서 좀 도와주고, 챙길 건 좀 챙겨와야죠."

석영도 한지원의 의견에 동의했다.

바실리. 현 러시아 대통령은 소환을 너무 만만하게 보고 있었다. 수십만 군대로 밀어버리면 될 거라고 생각하는 모양인데, 이게 또 현실은 아주 다르기 때문이다.

이유야 아까 말했던 것과 같다.

인간을 상대하는 것과 괴물을 상대하는 것은 서로 아예 다른 영역에서 벌어지는 싸움이다. 삼두육비의 괴물은 아니지만, 괴물은 그 자체로 괴물이다.

멘탈 보정의 효과를 받는다고 해도 전투 방식 자체가 아예 다르다. 제대로 중화기로 무장한 게 아니라면 접근전에서 잡아야 하는데, 몬스터들은 그리 호락호락한 놈들이 절대로 아니었다. 게다가 이번엔 분명 좀 더 업그레이드된 놈들이 나올 터, 잘못 걸리면 한 개 대대라도 순식간에 전멸할 것이다.

"알겠습니다. 언제 출발합니까?"

"사 일 뒤, 자정이에요."

"네, 준비하겠습니다."

시간이 정해졌다.

이제 남은 건 기다리는 것뿐.

하지만 아직은 석영도, 한지원도, 그리고 전 세계도 모르고 있었다. 이번 소환은 이전과는 다르다는 것을.

episode 48
세 번째 몬스터 소환

타이머 제로.

천공 수정이 동유럽을 향해 무수히 많은 빛을 쏘아 올렸다. 그 빛 덩어리는 컸다. 공 형태를 가졌으며, 굉장히 빠른 속도로 동유럽을 향해 비행을 시작했다.

슈우우!

그리고 그 시간에 맞춰 러시아의 바실리 대통령은 모든 공군기지에서 전폭기를 포함한 모든 전투기를 발진시켰다. 주력인 미그 35를 포함해 SU—32까지, 수만 대의 전투기가 어두운 밤하늘을 갈랐다.

하지만 당연히 모두가 예상했듯이 전투기로는 빛 덩어리들을 어떻게 할 수 없었다. 미사일은 물론, 기관포까지 그냥 빛에 물 뚫듯이 뚫고 통과해 버렸다. 작정했는지 이 모든 건 실시간으로 전 세계에 생중계됐고, 전투기 조종사들의 절규까지 온 세상에 울려 퍼졌다. 목적지에 도착했는지 잠시 멈추더니, 산산조각 나서 마치 백린탄처럼 사방으로 퍼지기 시작했다.

재앙의 시작이었다.

빗방울처럼 작은 덩어리 하나가 대지에 안착하는 순간, 그 작은 빗방울은 사람을 수백을 찢어죽을 무시무시한 몬스터가 된다.

전 세계가 촉각을 곤두세웠다.

이번엔 뭘까, 뭐가 나올까.

미국을 강타했던 두 번째 몬스터 소환에서는 오크가 주력이었고, 보스는 오우거였다. 그렇다면 이번엔 분명히 그보다 난이도가 있는 놈들이 떨어질 확률이 컸다. 예상 순위가 있었다. 그리고 그 순위 1위는… 갑각류였다.

거대 개미.

그리고 거대 병정개미.

라니아를 하는 유저라면 안 잡아본 적이 없는 몹이었다. 이놈들은 빠른 공속으로 잡는 데 까다롭지만 상당한 경험치와 초반에 상당히 도움이 되는 템을 드랍하는지라 꽤나 인기가 많았던 녀석들이었다.

그리고 지금의 러시아는 폭설이 내리는 중이었다. 만약 추위에 대한 내성이 해결됐다면 이놈들은 얼어붙은 동토의 땅에 가장 어울리는 몬스터가 될 거라는 예측이었다. 그리고 그 예측은 딱 맞아떨어졌다.

빛은 산화했고, 그 자리에 사람만 한 거대 개미가 나타났다. 그보다 좀 더 큰 방울은 거대 병정개미로 변했다. 병정개미의 크기는 컸다. 덩치와 길이를 보면 딱 B사의 중형 세단 정도였다. 그리고 그 정도로도 엄청난 위압감을 발산했다.

러시아는 발 빠르게 움직였다.

아니, 아주 제대로 준비를 하고 있었다.

모든 루블을 모아 전투 병력을 양성했고, 수도 모스크바를 중심으로 방어진을 짰고, 국민들은 모스크바를 중심으로 가능한 전부 대피시킨 상태였다. 러시아도 바보는 아니었다. 국민 없이는 국가도, 국력도 없다는 걸 잘 알기에 나온 행동이었다.

전쟁이 시작됐다.

러시아가 냉전 시대 이후, 처음으로 대규모 병력을 동원해 국가의 국운을 걸고, 전쟁을 시작했다.

첫째 날.

밀렸다.

처참하게 밀리기 시작했다.

개미들이 주는 압박감은 멘탈 보정으로 어느 정도 해결이 됐지만 그 두꺼운 외피를 파괴할 만한 수단이 많이 존재하지 않았다. 일단 무기 체계는 깔끔하게 무시하는 게 몬스터인지라 한 마리를 죽이려면 분대 단위급 화력으로 조져야 했다. 그런데 문제는 개미의 수가 엄청나다는 데 있었다.

몬스터 웨이브.

마치 파도처럼 밀어붙이니 한 마리를 조질 때쯤 그 옆에 있던 놈이 난입을 했다. 게다가 개미 새끼들이 메뚜기도 아니고 점프까지 했다. 그걸 처음 봤을 땐 진짜 전 세계가 패닉에 빠졌다. 이미 많은 사람이 공론한 리얼 라니아의 진화론이 이제는 정설이 되어버렸을 정도였다.

바리케이드를 쳐도 그걸 그대로 점프해서 뛰어넘어 난입하니 전투의 양상이 완전히 달라지게 되어버렸다.

생각해 봐라.

기어 와야 할 것들이 장애물이 있으면 점핑, 점핑! 이 지랄을 하는데 답이 있나. 그래서 첫날은 정말 처참하게 밀렸다.

둘째 날은?

밀렸다.

방어선은 계속해서 뒤로 밀렸다.

셋째 날은?

러시아는 절망과 종말을 부르짖었다.

넷째 날은?

바실리 대통령이 카메라 앞에 섰다.

그가 한 말은 간단했다.

도와주십시오.

그 말만 하고 고개를 푹 숙였다.

웃긴 일이지만 그래도 세계가 그의 말에 반응했다.

러시아는 무너져선 안 됐다.

미안한 말이지만 다른 소국들은 몰라도, 대국인 러시아는 지구 방위의 한 축을 반드시 맡아줘야 했다. 이전엔 옛날 냉전 시대 그 이전부터 이어져 오던 감정들이 남아 있어 협력이 어려웠지만, 지금은 생존을 위해 무조건 서로 협력을 해야 하는 상황이 됐다.

처음으로 움직인 건 프랑스였다. 국가 보유 유로(Euro)를 탈탈 털어 부대를 양성했고, 기존의 유저들과 군사 전문가들을 팀으로 묶어 대대적인 지원을 했다.

치누크 수백 대가 프랑스 각지의 군사 지역에서 떠올랐다. 그 일련의 행동은 마치 기다렸다는 것처럼 일사불란했다.

그렇게 러시아의 절망을 구원하기 위해 프랑스가 움직이자 그다음으론 기술 깡패 독일, 신사답지 않은 신사 영국이 움직였다. 삼국이 움직이자 스웨덴, 스위스, 덴마크, 포르투갈, 스페인, 네덜란드까지 전부 식량, 군사 지원을 시작했다.

미국이 가장 크게 준비했다.

이 악물고 병력을 짜기 시작했고, 군사와 식량 부분을 동시에 준비했다. 미국 다음으로 움직인 것은 세계 3강 중 병력 깡패인 중화인민공화국이었다.

이들도 잘 알고 있었다. 러시아가 무너지면 그 몬스터들이 어디로 들이닥칠지. 그대로 동진할 수도 있지만 만약 남진하면? 그땐 진짜 자국의 영토가 쑥대밭이 된다는 걸 등신이 아닌 이상 잘 알고 있었다. 그러니 좋든 싫든 움직일 수밖에 없었다.

인민군이 움직였다.

위로 쭉쭉, 위안을 탈탈 털어 만든 유저 군대가 몽골과 협정을 통해 황량한 광야를 가로질러 기계화 사단과 함께 북서진을 시작했다.

일본은 빠졌다.

첫 번째 소환에 받은 피해가 장난이 아니어서 아직 수습도 못한 상태였기 때문이다. 모든 나라가 원조에 대한 움직임을 하고 있었고, 당연히 유저 전투력으로는 세계 최강인 대한민국도 준비를 하고 있었다.

*   *   *

TV는 항상 시끄러웠다.

파병을 반대하는 소수의 극보수 야당 국개의원들 때문이었다. 석영은 그들의 모습을 보며 고개를 절레절레 저었다.

"등신들, 러시아 무너지면 한국도 위험 사각지대에 놓이는 걸 왜 모르지? 대가리 속에 뇌가 없는 건가?"

아영이가 토스트를 손에 든 채로 그렇게 중얼거렸다.

석영은 그 말에 적극 동의했다. 러시아와 한국의 거리는 그렇게 멀리 떨어져 있지 않았다. 철책선 너머 북한이 있지만 유저력이 거의 없는 북한이 몬스터 군대를 막을 거란 생각은 누구도 하지 않았다. 그러니 러시아가 무너지면 한국도 사정거리 안에 들어가기 때문에 러시아에서 끝내는 게 차선도 아니고, 최선의 시나리오였다.

근데 그것도 모르고 국력 보존이니 뭐니 개소리를 떨어대고 있었다.

"오빠, 그래도 보내겠지?"

"그럴 거야. 등신도 아니고 설마 안 보내겠어."

"흠, 얼마나 보낼까?"

"규모보단 질이 먼전데, 아마 정의 길드에서 나서지 않을까 싶은데?"

"심의명 그 아자씨면 뭐, 잘하겠지."

와작.

토스트를 한입 베어 먹은 아영은 홍홍거리며 콧노래를 흘렸다. 그러면서 다리를 까닥까닥거리는데 여유가 아주 철철 넘쳤다.

"안 무섭냐?"

"무섭? 그게 뭐임? 먹는 거임? 애처럼?"

와작.

피식.

너무나 태연한 아영이의 모습에 석영은 그냥 웃고 말았다.

러시아로 떠나는 날, 그날이 오늘이었다.

오늘 저녁, 한지원과 함께 강원도 고성으로 이동, 자정을 기해 장세미가 따로 준비한 이동 수단으로 사할린으로 이동, 거기서 러시아의 후미로 침투하는 계획을 세웠다. 작전 목표는 오벨리스크의 파괴와 보스 몬스터의 처단이었다.

모스크바 지역 방위는 어쩔 수 없이 포기했다. 정체를 드러내서도 안 될뿐더러, 부대 단위로 움직이지만 사실 특정 목적을 가진 용병이나 다름없었기 때문이다. 그래서 수도 함락을 향해 달려드는 놈들은 연합군에게 맡겨야 했다.

가볍게 점심을 처리한 석영은 장비 점검에 나섰다. 활, 화살이야 어차피 무한대니 상관없고, 방어구와 소모성 아이템 위주로 점검했다. 어떻게 될지 모르니 최소한의 금전적 여유만 남겨두고 인벤을 꽉꽉 채웠다.

진짜 라니아처럼 무게도가 없는 대신 품목 제한이 있기 때문에 나름 편했다. 원래는 무게도가 있었지만, 업데이트로 사라져 버렸다.

김아영도 석영이 점검을 하자 똑같이 준비를 시작했다. 그녀도 오거 액스가 있어 방패와 갑옷 위주로 점검을 하고 소모성 물약을 몽땅 챙겼다. 다 하고 낮잠을 한숨 자고 나니 벌써 저녁 시간이 됐다.

저녁을 간단히 챙겨 먹고 나자 한지원이 왔다.

"준비 다 했어요?"

"네."

"아영이 너는?"

"완벽! 그 이상은 노 완벽!"

"뭔 소리니, 그게?"

"얼른 가자는 소리지요!"

피식.

한지원의 손짓에 밖으로 나가자 오프로드 차량 한 대가 서 있었다. L사의 제품으로 비포장도로에서 강력한 주행 능력을 자랑하는 놈이었다. 차량 내부도 넓었다. 넓다 못해 여섯이 타도 충분할 정도였다.

뒷 자석에 앉은 아영이 고고! 하며 클럽이라도 온 것처럼 들썩거리자 한지원이 차를 출발시켰다. 라디오에서는 계속 러시아의 상황을 중계해 주고 있었다.

속속 결집하고 있는 연합군의 화력으로 인해 전선은 고착 상태에 빠졌다는 소식과 전진이 멈추자 밀집하고 있던 몬스터들이 슬금슬금 다른 곳으로 눈을 돌리고 있다는 소식이 연이어 흘러나왔다.

"이번에 석영 씨 역할이 무척 중요해요."

충주를 벗어나 원주로 향하는 국도에 들어서자 한지원이 석영을 향해 말했고, 석영은 가만히 고개를 돌려 그녀를 바라봤다. 설명을 요구하는 제스처였다.

"후방 침투로 들어가면 우리는 석영 씨 화력을 최대한 보호하며 전진할 거예요. 특히 보스 같은 놈들은 석영 씨의 무기가 없으면 잡기 힘드니 더더욱 석영 씨의 역할이 중요해요. 자세한 건 대장님이 직접 설명하겠지만 일단 말해두는 거예요."

"네."

석영은 짧게 대답하며 고개를 끄덕였다.

타락 천사의 활.

최강이자 최악의 무기.

여태까지 급소에 맞고 버틴 놈을 본 적이 없는 무시무시한 무기였다. 그러니 그런 활의 주인인 석영의 존재는 매우 중요했다.

한지원은 존재 자체가 전략 무기지만, 석영도 마찬가지로 전략 무기였다.

10시가 조금 넘은 시점에 고성에 도착했다. 한적한 시골 도로를 한참이나 달리자 폐허가 된 선착장의 모습이 나타났다.

총칼의 흔적이 가득한 석조 건물이 몇 개 있었는데 딱 보니 예전 몬스터 소환 때 여기서 전투가 일어난 것 같았다.

"여긴 우리가 첫 번째 소환 때 찾은 곳이에요. 주변에 민가도 없고, 군부대도 없어서 잠시 기지로 쓰기엔 최고의 장소죠."

"나쁘지 않네요."

"우왕! 낚시하고 싶다! 아야!"

피식.

김아영이 헛소리를 하다가 한지원에게 알밤을 먹곤 울상을 지었다.

"좀 쌀쌀한데요?"

"안에 빛을 막는 가림막을 쳐놨으니 안에서 불을 피우면 될 거예요."

"그럼 나무 좀 구해 가겠습니다."

"네, 저는 본대에 연락 좀 하고 올게요."

두 사람이 흩어지자 정수리를 부여잡고 쪼그리고 앉아 있던 아영이 나는? 나는! 하면서 벌떡 일어나 두 사람을 보다가, 석영을 향해 달려갔다.

석영은 아영과 함께 주변의 나무를 잔뜩 주워 다시 건물로 돌아와 불을 피우기 무섭게 저 멀리 어둠 너머에서 우웅, 우우웅! 하고 트럭의 육중한 엔진 소리가 들려오기 시작했다.

군용 닷지 비슷한 트럭 세 대가 건물 앞까지 오더니 멈춰섰다. 운전자로 보이는 여자와 전에 봤던 장세미가 가장 앞 트럭에서 내렸다. 한지원이 얼른 다가가 경례를 붙였다. 각이 딱 잡힌 경례까진 아니지만 존경심이 묻어나는 경례였다. 경례를 받은 그녀가 석영과 아영에게 다가왔다.

"반가워요. 잘 지냈나요?"

"네, 반갑습니다."

장세미는 평범한 말투를 사용했지만 전과 다르게 질끈 묶은 머리에 검은색 테러복 차림이라 군인 느낌이 물씬 풍겼다.

"어머, 이분이구나?"

그녀의 뒤에서 좀 건들거리는 걸음걸이로 다가온 여성을 보며 석영은 잠시 누구지, 했다가 미국에서 작전 당시 한지원과 함께 가장 돋보이는 전투력을 보여줬던 군인이라는 걸 깨달았다. 한지원보다도 시원시원하게 뻗은 팔다리와 이상하게 나른해 보이는 눈매까지 딱 그녀였다.

하지만 석영은 그녀에게서 좀 위험한 느낌을 받았다.

'짙은… 잿빛?'

거기다 뭔가 나사 하나 빠진 느낌도 들었다.

"이 언니 좀… 무섭다."

김아영이 슬그머니 석영의 등 뒤에 숨어 그렇게 중얼거렸다. 고개를 끄덕이진 않았지만 속으로는 수긍했다. 유저가 되며 예민해진 감각은 사람 특유의 느낌까지도 어느 정도 정확하게 알 수 있게 해줬다.

"어머, 저 귀 밝아요. 척후 출신이라, 후후."

"죄, 죄송합니다!"

나창미의 말에 아영이 얼른 나서 고개를 숙였다. 그사이 한 지원은 각 트럭으로 이동해서 뭔가를 전달하고 있었다. 위장막이 내려가고, 뒤에 타 있던 대원들이 줄줄이 내리기 시작했다. 적을 줄 알았는데 꽤나 많았다.

내린 대원들이 도열하는 걸 보며 수를 세어봤더니 총 인원 66명이었다. 딱 22명씩 세 개 분대가 나올 인원이었다.

그들은 바로 남은 트럭에서 검은 박스들을 내려 강가 쪽에 쌓아 놨다. 그 행동이 정말 일사불란해서 무슨 군사훈련을 보는 느낌이었다. 그 이후는 따로 흩어져서 휴식을 취하기 시작했다.

석영은 그 모습을 보면서 뭔가 기분 싸했다. 군 특수부대를 이렇게 가까이서 보기에는 사실 처음이었다.

보통 남자들이 생각하는 특수부대는 철혈의 의지를 가진 사내들을 연상하게 마련이다. 하지만 이들은 전원 여성. 그것도 '특별'한 사정이 있어 육성했고, 그렇기 때문에 군 기밀에서도 아예 말소당한 부대였다.

그런 그녀들을 보며 드는 기분은?

'대박……'

괜히 잘못 깝치면 뒤지기 딱 좋을 것 같았다.

자살하고 싶으면 여기 와서 건들거리면 될 것 같단 생각이 들었다. 최정예에서도 다시 추리고 추려서 최정예를 뽑은 느낌이었다.

'만약 포위당하면?'

석영은 생각해 봤다.

자신과 저 무시무시한 여자들이 붙는 상상을. 모습만 드러나면 필승이다. 하지만 반대로 끈기 싸움, 지루한 장기전으로 가면? 은신에 스페셜리스트인 이들을 상대로 이길 가능성은 거의 제로에 가까웠다.

석영이 요원들이 받는 훈련을 거쳤다면 얘기가 달라지겠지만, 아쉽게도 석영은 일반 육군 보병 출신이었다. 그래서 받은 훈련은 기초 군사훈련이 전부였다. 그래서 전문적이질 못했다. 어쨌든 석영은 정말 신세계를 보는 기분이었다.

다시 아영이와 폐가로 들어와 쉬기 시작했다.

"저 사람들 진짜 대박이다. 그치, 오빠?"

"영화에서나 보던 특수요원 같더라."

"맞아, 맞아. 나도 그 생각함! 와, 그중 몇몇은 얼굴도 예쁘고, 몸도 심멎할 뻔."

아영이의 농담에 석영은 침묵으로 답했지만 속으론 피식 웃었다. 실제로 그런 여성들이 몇몇 있었다. 아니, 무슨 얼굴을 보고 뽑는지 외모가 다들 장난이 아니었다. 한지원도 충분히 아름답지만 단순히 외모로만 따졌을 때 한지원을 능가하는 대원들이 못해도 다섯이 넘었다. 진짜 아영이의 말대로 웬만한 사내들은 그냥 보는 순간 심멎해 버리고도 남았다. 반대로 여자들이 반할 만한 샤프함을 가진 대원도 많았다.

우락부락한 걸 처음에 좀 상상했던 석영인데, 지금은 그런 생각을 싹 고쳤다.

"진짜 무슨 얼굴보고 뽑은 것 같지 않아요?"

"음… 그건 인정."

끼익.

석영이 아영이의 말에 순순히 인정하는데 한지원이 문을 열고 들어왔다.

"특수한 작전을 뛸 때도 있어서, 애들이 기본적으로 한 미모씩들 할 수밖에 없어."

"어, 무슨 작전요?"

한지원이 모닥불 앞에 털썩 앉자 아영이 냉큼 물었다.

"뭐겠니? 아름다운 특수요원이 할 작전이."

"아… 미인계."

"응, 그래서 애초에 외모는 최소 연예인 레벨부터 선별해. 세계인의 미의 기준은 크게 다르지 않거든. 그러니 기왕이면 다 홍차마라고, 얼굴까지 예뻐질 싹이 보이는 애들을 뽑는 거지."

"그건 좀… 슬프네요."

"그런 상황에 놓였다는 것 자체가 더욱 슬픈 거야. 전부 버림받았으니까."

아, 정확하게는 모르지만 한지원도 고아라고 들었다. 그냥 고아원에 버리고 간 게 아닌, 태어나자마자 버려진 아이들. 그런 아이들을 몰래 데리고 와 자식처럼 키우다가, 넌지시 물어보는 거다.

특수요원, 할 생각 없느냐고.

선별된 아이들 중 그 제안을 수락하면 다른 곳으로 이동, 그때부터 교육이 시작된다. 그럼 거절하면? 그대로 시설에서 키운다. 성인이 될 때까지. 한 사람의 성인으로 충분히 제 몫을 할 수 있을 때까지 아낌없이 지원해 준다.

"언니, 후회는 안 해요?"

아영이 조심스럽게 묻자 한지원이 그녀 특유의 미소를 입가에 그렸다. 그 미소는 석영이 보기에 슬픈 미소였다.

"후회? 그날 날 거둬주지 않았으면 나는 차가운 길바닥에서 얼어 죽었을 거야. 그걸 생각하면 후회하고 말 것도 없지. 모든 선택 또한 내가 했고, 이 자리에 있는 거니까. 은인이 계신데, 그분에게 꼭 도움이 되고 싶었거든."

"아아……."

"전역하고 평화롭게 살았어. 그분이 테러에 목숨을 잃기 전까진. 예전에 한번 크게 화제가 됐던 테러 있지? 서울 도심에서 벌어진."

"음……."

아영은 기억을 못 했지만 석영은 바로 기억해 냈다.

당시 모든 커뮤니티가 폭발할 정도로 엄청난 화제가 됐던 테러였다. 이제는 테러 안전지대가 아니라고, 단호하게 대처해야 한다고, 북풍이라고, 진짜 별의별 말이 다 나돌았던 테러였다.

그 뒤로 정부가 대대적인 수색을 벌였지만 범인을 잡지는 못했다는 걸로 알고 있었다. 근데 그 테러가 한지원과 관련이 있었다니… 세상 사람들은 모르는 비사를 들은 기분이었다.

"그때 돌아가셨지. 그분의 자식들은 겨우 목숨을 건졌지만 끝내 회생하지 못했고."

"아……."

"그래서 다시 돌아왔어. 하지만 후회는 안 해. 그분이 날 살려주고, 거둬주고, 먹여주고, 재워주고, 그 은혜에 비하면 이런 거야 뭐, 크게 힘든 일일까."

갑작스러운 한지원의 고백에 석영은 좀 놀랐다.

그동안 꽤나 오랜 시간을 같이했지만 자신의 얘기는 거의 안 했던 한지원이었다. 그냥 조용히 대화를 듣는 쪽을 더 선호했던 사람이었기 때문이다. 이런 변화가 아영도 좀 의외였는지 놀라서 말을 우물쭈물했다. 그런 아영이에게 다시 미소를 지어준 한지원은 자리에서 일어났다.

"이런, 말이 많았네. 언니는 밖에서 준비하고 있을 테니까 이따가 부르면 나와."

"네……"

그녀가 나가고, 아영은 잠시 생각에 잠겼다가 벌떡 일어났다.

"어디 가게?"

"가서 도우려고요!"

"아서라. 괜히 네가 끼면 더 방해돼. 저들의 칼 같은 움직임을 네가 따라 할 수나 있겠냐? 그냥 가만있는 게 도와주는 거니 앉아."

"…칫."

웬일로 단숨에 수긍하고 다시 자리에 앉는 아영이었다. 석영은 눈을 감고, 생각을 정리했다. 그렇게 30분쯤 흐르자 대원 한 명이 와서 나오라는 말을 전해주고 갔다. 석영은 일어나서 짐을 챙겼다.

두툼한 백팩 하나가 전부긴 하지만 어차피 진짜 중요한 건 인벤토리에 다 들어 있으니 상관없었다.

밖으로 나가자, 아까는 못 보던 이들이 있었다.

50대 초반으로 보이는 거대한 덩치의 흑인과 마치 샐러리맨 같은 복장의 아시아계 남자 한 명, 그리고 단신의 동양계 여성 둘과 40대의 백인까지 이렇게 다섯이었다. 석영이 나오자 한지원이 손짓했다.

가까이 다가가자 이 추운 날 숏 팬츠에 털 재킷 하나만 달랑 걸친 30대의 여성이 석영을 바라봤다.

흠칫!

석영은 걷던 걸음을 곧바로 멈췄다.

스윽.

아영도 단숨에 멈춰 섰다. 그러곤 등 뒤에 붙여놨던 방패에 천천히 손을 뻗었다.

석영도 마찬가지였다. 어느새 그의 손에는 활이 쥐어져 있었다. 이 반응에 얘기 중이던 다른 이들의 시선이 석영에게 넘어왔다.

하지만 석영의 시선은 머리를 뒤로 질끈 묶은, 쭉 찢어진 눈매의 여성에게 고정되어 있었다. 위험하다.

이 여자…….

위험한 여자다.

본능이, 육감이 눈이 마주치는 순간 경고를 보내왔다.

그것도 매우 격렬했다. 심장이 통제를 잃은 것처럼 뛰는 게 그 증거였다. 석영은 입술을 꾹 깨물었다. 쭉 째진 눈빛에서 넘실거리는 살기, 경계심이 너무나 적나라하게 느껴졌고, 피부가 따끔거릴 정도였다.

그래서 석영은 어처구니가 없었다.

'뭐 이딴……'

괴물.

석영은 지금 괴물에게서 느낄 법한 느낌을 받고 있었다.

죽음의 늪에서 다시 빠져나왔을 때, 석영은 진화했다. 본인은 모르지만 평범한 인간에서 특별한 뭔가로 조금씩 탈피하고 있었다. 그렇기 때문에 감각이 점차 열리고 있었다. 흔히 말하는 육감이 제대로 개화(開花)하고 있었다.

그렇기 때문에 석영은 자신이 느끼는 감각을 믿었다.

"뻐킹, 뭐야, 이 새끼는?"

"어이, 레비. 그만두라고. 지금은 일 중이다."

"흥!"

코웃음을 치며 팔짱을 끼곤 고개를 돌리자 싸하게 느껴지던 감각이 깨끗하게 사라졌다. 석영이 속으로 안도의 한숨을 내쉬고는 활을 다시 집어넣자, 한지원이 다가왔다.

"장난 아니죠?"

"네, 누굽니까?"

"운송업자예요. 이쪽에서는 아주 유명한."

운송업자가 무슨…….

석영이 본 가장 대단한 인간은 한지원이다. 그녀는 정말 전투를 위해 태어난 것이라 생각될 정도로 센스가 엄청났다. 발군이라는 단어도 그녀를 깎아 내릴 때나 써야 될 정도였다. 그런데 아직 겪진 않았지만 석영은 확신할 수 있었다.

저 레비라고 불린 여자, 어쩌면 진짜… 괴물급일지도 모른다는 것을 말이다.

"오빠, 느꼈음?"

"응."

"와… 솜털이 다 곤두섰어. 나 소름 돋은 것 봐, 으으."

웬만해서는 쫄지 않는 아영이까지 그렇게 느꼈을 정도면? 진짜 장난이 아니라는 소리였다.

애기가 끝났는지 우우웅거리는 소리와 함께 해수면에서 뭔가가 다가왔다. 푸우우. 물살이 갈라지는 소리가 들리더니, 잠시 후 불빛이 라이트가 팍! 들어왔다. 석영은 갑작스럽게 켜진 라이트 때문에 눈살을 찌푸리곤 손바닥으로 빛을 가리고 잠시간 기다렸다. 빛에 눈이 적응하고 하고 나자 석영은 손을 치웠다.

그리고…….

"헐……."

전면에 있는 시꺼먼 물체를 보곤, 멍청한 탄성을 흘리고 말았다.

잠수함이었다.

피식, 피식.

"내 살다 살다 잠수함을 다 타볼 줄이야……."

아영이 어이가 없는지 석영이 배정받은 방에 와서 피식피식 웃으며 한 말에 석영도 적극 공감했다. 석영도 사실 배로 갈 줄 알았다. 그런데 배는 배인데, 잠수함이 떡하니 나타났다. 아니, 무슨 잠수함이 지척까지 들어오나?

진짜 농담이 아니고 궁금한 게 산더미였지만, 어차피 영업 비밀이라며 대답 안 해줄 게 뻔해서 물어볼 수도 없었다.

석영은 신기하면서도 이해가 안 갔다.

'일개 운송업자가 무슨 잠수함을… 이게 말이 돼?'

잠수함은 전략 무기였다.

드넓은 바다를 누비다가, 명령이 떨어지면 목표 지점을 타격할 미사일을 발사할 수도 있고, 은밀하게 병력을 수송할 수도 있었다. 하지만 진짜 전략적인 것은 바로 대부분의 잠수함이 전술 핵을 싣고 움직이기 때문이다.

다른 것도 아니고 전술 핵이다.

떨어지면 그냥 지옥이 펼쳐지는 핵탄두 말이다. 레이더망에도 안 걸리니 그야말로 최강의 화력을 가진 어쌔신이었다.

그런데 운송업자가 잠수함을 운용하고 있었다.

사실인데도 이 말도 안 되는 사실을 믿기가 힘들었다.

"오빠, 러시아까지 얼마나 걸려?"

"글쎄. 나도 가본 적이 없어서 모르겠다."

끼이익.

석영이 막 말을 끝내는 순간 문을 열고 들어온 한지원이 두 사람을 번갈아 바라봤다. 뭔가 의심스러운 눈초리. 그러나 눈빛엔 장난기가 있었다.

"어머, 어머어머. 언니, 저 그렇게 쉬운 여자 아니거든요?"

"전쟁 통에도 사랑 꽃은 피는 법이지, 후후."

"아니거든요! 안 피거든요! 아니, 아니지. 피긴 폈는데 거기까진 안 갈거든요! 아, 이것도 아니다. 아직 안 갔거든요!"

"풉. 그거나, 그거나. 뭐가 다르니?"

꽥! 소리를 지르는 아영이의 볼을 꼬집은 한지원이 그녀 옆에 앉아 석영을 바라봤다.

"러시아 상태가 심각해요."

일 얘기였다.

석영은 자세를 바로 하고 바로 진지한 표정으로 돌아왔다.

"심각합니까?"

"심각해요. 저지선이 연이어 밀리고 있어요. 거대 개미가 생각보다 너무 강력한가 봐요."

"음……."

라니아 속에서도 거대 개미는 오크보다 상위 종이었다.

예를 들어 오크가 레벨 10이면, 거대 개미는 15 정도 한다. 그럼 병정은? 5가 아니라 10은 더 올려야 할 것이다. 그런 놈들이 셀 수도 없이 많이 소환됐다. 예상 추산은 약 10만가량이다. 말이 10만이지… 그 정도면 대한민국 국토를 가득 매우고도 남을 정도로 어마어마한 양이었다.

"유저를 잔뜩 양성했어도 기존 유저와는 급이 다르지. 어휴, 등신들. 처음부터 손 내밀었으면 얼마나 좋아?"

아영의 심통 난 말에 석영은 고개를 끄덕였다.

전적으로 맞는 말이었다.

레벨 개념은 없어졌지만 갓 유저가 된 이들과 처음부터 유저로 뛰었던 이들은 솔직히 급이 달랐다.

이제 갓 유저가 된 이들이 레벨 1에서 10이 됐다면, 기존의 유저들은 못해도 30 이상이다. 그것도 평균치로 잡았을 때다. 이들은 환상의 세계와 리얼 라니아를 통해 이미 충분히 숙련된 전사들이 됐다.

특히 얼마 전에 한 유저가 퀘스트 보상으로 받은 라이트닝 스톰을 들판에 갈기는 모습은 진짜 장난이 아니었다.

예전엔 마법 4개만 익혔어도 우와! 했는데 지금은 퀘스트 보상으로 인해 마법 4개, 5개 익힌 법사들이 넘쳐났다.

근접전을 펼치는 전사도, 한 방이 강력한 궁수들도, 강력해졌다. 번 돈으로 장비에 때려 박고, 강화 주문서를 온몸에 두르면 진짜 영화 속 히어로 뺨따구를 날리고도 남을 강력함을 자랑했다.

그런 기존의 유저들과 이제 갓 유저가 된 병사들과는 비교 자체가 불가능했다.

"현재 러시아군 피해가 오만이 넘어가고 있어요."

"삼 일 만에 오만……"

"엄청난 거죠. 지금 동토의 땅엔 피의 강이 흐르고 있어요."

최고 결정권자가 내린 오만한 결정으로 인해, 오만의 병사가 목숨을 잃었다. 이건 간단한 문제가 아니라 수습이 되면 바실리의 미래는 없었다. 그나마 다행인 게 자국력으로 소환을 막아내는 게 불가능하다는 것을 알고는 바로 도움을 요청했다는 것이다.

"이유 연합군은요?"

아영이가 묻자, 한지원은 잠시 패드를 만져보곤 대답했다.

"이제 합류할 때 됐어. 합류해서 모스크바를 중심으로 방어진을 짜겠지."

"이건 뭐, 삼 차 대전도 아니고……."

"대전은 아니지. 인류의 생존이 걸린 전쟁이니까."

"도대체 이런 미친 일이 왜 벌어지고 있는 걸까요?"

아영이 인상을 잔뜩 찡그린 채 그렇게 물었고, 한지원은 이번엔 대답하지 않았다. 사실 유추만 할 뿐, 이 비현실적인 세계가 됐는지 누구도 정답을 모르기 때문이었다.

"그냥 아등바등 사는 거야. 살아남고, 또 살아남아야지. 그리고 그러려면 강해져야 돼. 그 어떤 미지의 위협이 다가와도 뭉개 버릴 수 있을 만큼."

조금 뒤에야 나온 그녀의 말은 정답이었다. 석영이 아무런 연고도 없는 그 얼어붙은 대지에 가는 이유도 강해지기 위해서였다. 강해지고, 또 강해지기 위해 몬스터가 우글거리는 땅으로 자진해서 가고 있는 것이다.

지금은 욕심을 부려야 할 때였다.

타락 천사의 활이라는 희대의 사기 템을 장착했으니 먼저 잡고, 또 잡고, 또 잡아서 가능한 독식하는 게 최고였다. 양심의 가책도 느끼지 않았다. 석영이 보스를 잡으면 무조건 러시아에는 도움이 되니까.

이번에도 어김없이 통신을 두절시키는 오벨리스크가 박혔다. 다행히 러시아는 소환 당시 몇만 개의 드론을 뿌려 오벨리스크가 박히는 장면을 포착하면서 위치 또한 같이 포착했다. 그건 그대로 언론에 공개됐고, 전 세계인이 알고 있었다. 총 10개의 오벨리스크가 박혔고, 그걸 하나씩 부수면 통신 문제는 해결이 된다. 그것만 해도 러시아는 석영에게 엄청난 빚을

지는 것이나 다름없었다.

누이 좋고, 매부 좋고 서로 분명히 원원하게 되는 것이다.

물론, 알릴 생각은 없었다.

그래서 양심의 가책 따위는 느끼지 않았다.

"도착까진 얼마나 남았습니까?"

"네 시간쯤 더 가면 돼요. 사할린 뒤로 돌아갈 생각이라서 좀 더 걸릴 수도 있어요."

"시간 여유가 좀 있네요. 자둬야겠어요."

"그러는 게 좋을 거예요. 쉴 수 있을 때 최대한 쉬어두어야 나중에 조금이라도 더 움직일 수 있으니까. 아영이 너도 딴생각 그만하고 얼른 가서 자."

푹 찔러 들어간 한지원의 말에 아영은 얼굴이 순식간에 빨갛게 달아올랐다.

"내, 내가 뭘 생각을 해요!"

"여기 솔로들 천지다. 염장 지르다가 걸리면 언니도 못 도와줘."

"꺄아! 이 언니 변태! 나가요! 나가!"

벌떡 일어난 김아영이 밖으로 후다닥 뛰쳐나갔다.

천의 캐릭터를 가진 아영이답게, 좀 전은 수줍음 많은 아가씨 콘셉트인 것 같았다. 피식 웃은 석영은 한지원이 나가자 좁은 침상에 몸을 눕혔다. 눈을 감고 잠을 청하길 10분, 석영은 천천히 잠에 빠져들었다.

*   *   *

추웠다.

러시아의 서쪽은 북풍한설이 몰아치고 있었다.

"어으… 그냥 나왔으면 십 분 만에 동태 됐겠네."

아영이 옆에서 새하얀 백색의 대지를 보면서 투덜거렸다. 하지만 얼굴 표정은 그리 짜증 난 표정이 아니었다. 장세미가 장담했던 것처럼 내리기 전에 받은 슈트는 보온 기능이 엄청 났다. 딱 좋은 온도로 유지되어 춥지도, 덥지도 않은 최적의 상태였다.

게다가 헬멧과 군화도 마찬가지였다. 보온 기능이 진짜 대박이었다. 헬멧은 습기나 서리도 차지 않았다.

장갑은?

마찬가지였다.

활을 당기기에 조금도 부담이 없었다. 한지원이 장담한 것처럼 진짜 이 정도면 추위 걱정 없이 전투에 임할 수 있을 것이다.

보트에서 장비들을 내리는 동안 한지원은 나창미와 함께 몇 명의 대원을 데리고 척후에 나섰다. 석영은 그동안 장비를 점검했다.

이미 한 번 점검하고 왔지만, 다시 한번 해서 나쁠 건 없었다. 한창 장비를 점검하고 있는데 귀에 차고 있던 통신기에서 '삑!' 하고 소리가 났다. 발키리 용병단을 통해 대대적으로 구매한 이 마법 통신기는 단조로운 소리밖에 못 내지만, 사인을 만들어두면 충분히 유용하게 써먹을 수 있었다.

"오빠?"

"가자."

장비를 서둘러 다시 챙기고, 석영은 바로 앞장섰다. 석영이 움직이자 진짜 무슨 짠 것처럼 석영의 주변으로 대원들이 붙었다. 약속된 포지선이었다.

삑익!

귓속으로 다시 소리가 들어왔다.

재미나게도 이 마법 통신기는 위치까지 가늠이 가능했다. 소리가 들려온 곳으로 시선을 돌리자 능선이 하나 있었다. 능선을 조심스럽게 타고 올라가자 납작 엎드리고 있는 한지원이 보였다.

자박, 자박.

석영은 조심스럽게 기어 한지원의 옆으로 갔다.

"어두워서 잘 안 보이긴 한데, 분명 있어요."

"음……."

석영은 그 말에 눈을 감고, 정신을 집중했다.

휘이이이……

귀곡성처럼 들리는 바람 소리. 그리고 그 안에 숨은 키릭키릭거리는 울음소리가 곧이어 느껴졌다. 울음소리가 마치 공명을 이루듯이 들리는 걸로 보아, 한두 마리가 아닌 건 확실했다.

"창미 언니가 숫자를 파악하러 갔어요. 적당하면 잡고, 너무 많으면 대장님께 보고하고, 돌아서 전진하는 걸로 하죠."

"제 생각은 반댑니다."

석영은 처음으로 한지원의 의견에 반대했다.

수가 많을 수는 있다.

하지만 많다고 피하면 제대로 된 작전은 불가능하다. 차라리 퇴각로를 만들고, 화력으로 조지는 게 더 낫단 생각이 들었다. 그런 석영의 말에 한지원이 잠시 그를 빤히 보더니, 옆의 대원에게 명령을 내렸다.

그 대원은 다시 빠르게 기어서 능선을 내려가 장세미에게 달려갔다. 전갈을 받은 그녀는 금방 올라왔다.

"많나?"

"아직 파악 불가입니다."

"창미가 갔지?"

"네."

"일단 기다려 보자. 석영 씨는 전투하는 쪽으로 마음을 굳했나요?"

장세미의 질문에 석영은 고개를 끄덕였다.

"많다고 계속 피해 다닐 수는 없으니까요."

"음… 그것도 그렇지."

그녀는 그렇게 말하고는 잠시 생각에 잠겼다.

만약 사람을 상대로 하는 작전이라면 그녀는 이렇게 고민도 안 했을 것이다. 그냥 화망을 조성해서 투두두두두! 벌집으로 만들어 버렸을 것이다. 오크, 고블린도 마찬가지다. 하지만 지금은 단단한 껍질을 가진 개미류 몬스터다. 게다가 드론으로 촬영한 영상을 보니 개미들이 점프를 한다. 거의 5m 가까이 뛰어오르기도 하니 정말 조심해야 했다. 그래서 고민하는 것이다. 오자마자 병력의 손실을 입어서는 안 되니 말이다.

나창미는 곧 돌아왔다.

"삼십 조금 넘어요. 그중에 병정? 그것들은 한 열 정도 되고요."

"수고했다."

장세미의 시선이 바로 석영에게 향했다.

"조명탄을 뿌려 드릴까요?"

"그거 좋죠, 아영아."

오케이.

아영이 바로 쪼그리고 앉아 도끼와 방패를 꺼내 쥐었다. 장세미가 명령을 전달하자 전간대대의 대원들이 사방으로 넓게 자리를 잡았다.

두드드득!

그리고 석영은 시위를 당겨 무형 화살 두 대를 걸었다. 석영이 전방을 주시한 채 고개를 끄덕이자, 투두두두둥! 펑! 조명탄이 상공에 터지면서 일순간 세상이 붉게 물들었다. 그리고 붉은 세상 속에서 키릭키릭거리며 무언가를 파먹던 개미들이 보였다. 가장 거대한 두 놈을 노리고 석영은 시위를 놨다.

투둥!

슈가가가가각!

퍼걱!

픽!

러시아 작전의 스타트는 상큼하게 병정 두 마리의 대가리를 날리면서 시작됐다.

episode 49
동토(凍土)의 땅

퉁! 퍽!

퉁! 퍽!

무슨 북 두드리는 소리가 눈 덮인 평야에 가득 울려 퍼졌다.

"와우."

장세미는 거대 개미와 병정개미의 대가리만 족족 날려 버리는 석영의 스나이핑을 보며 솔직한 감탄사를 흘렸다.

"장난 아닌데요?"

"귀관이 보기에도 그렇지? 그건 그렇고 대체 무슨 기술을 쓰는 거야? 막 쏜 것 같은데도 정확하게 대가리만 날려 버리네?"

"아마도 추적 기능이 붙은 화살인 것 같습니다."

트레킹 샷을 모르는 둘이지만, 그래도 석영의 저격을 보며 정답 언저리까지 도착했다. 아닌 게 아니라 석영은 지금 더블 샷에 추적까지 걸어서 보이는 개미 새끼들의 대가리를 깔끔하게 날려 버리고 있었다.

리얼 라니아였다면 타천 활의 옵션 설명 때문에 도망쳤겠지만 이놈들은 소환 당시 맹목적인 공격 성향이 걸려 있는 상태로 날아와서 주변의 동료들의 머리가 터지고 있는데도 도망칠 생각은 안 하고 석영의 위치를 찾느라 고개만 연신 두리번거렸다.

"순삭이네, 순삭. 와……."

"우리도 가능하겠나?"

장세미가 계속 터져 나가는 개미들의 머리를 보며 냉정한 외모의 부관에게 물었다.

"해봐야 알겠지만, 저 외피를 단숨에 뚫는 무기가 없으면 저런 사냥은 불가능합니다."

윤진아의 말에 장세미는 으음, 하고 불편한 신음을 흘렸다. 만약 저렇게 사냥이 불가능하면 몬스터와 조우할 때마다 작전을 짜야 하고, 실탄을 쏟아부어야 한다. 한지원을 포함한 몇몇은 근접전이 가능하지만 근접전 자체가 항상 부상의 위험을 강력하게 내포하고 있다. 가능하면 그냥 화망을 조성해 단숨에 조지는 게 최고다.

"다음 전투 때는 우리가 나서봐야겠군."

"작전을 짜보겠습니다."

"최대한 신중하게. 전에 있던 놈들이랑 다르니 적응할 준비를 가진다고 생각해."

"네."

그렇게 대화를 나누는 와중에도 석영의 저격은 계속됐고, 1분이 지나기도 전에 마지막 놈이 머리에 구멍이 휑하니 뚫린 채 차가운 대지에 거대한 육체를 뉘였다. 스윽. 어둠에 거의 잠겼던 것 같았던 석영의 모습이 저 멀리서 서서히 생겨나고 있었다.

"저것도 신기하군."

"이상한 세상이 되더니 이상한 인간, 기술들이 마구 쏟아지고 있습니다. 저희도 저런 기술 습득에 중점을 둬야 할 것 같습니다."

"스킬북이나 기술석 같은 게 있다며? 이번 작전에서 최대한 얻어 가자고."

"네."

장세미는 석영에게 걸어갔다. 새하얀 색상으로 갑주를 세팅한 아영이 먼저 석영에게 달려가는 게 보였다.

"시체 정리 하라고 하고, 베이스캠프 설치해."

"네."

윤진아가 따로 움직이고, 정미경만 장세미를 따라왔다. 머리를 털고 있는 석영에게 도착한 장세미는 군인 말투가 아닌, 일반 말투로 그에게 수고했단 말을 전했다.

"고생했어요."

"아닙니다."

"상대해 보니 어떻던가요?"

"음… 이 정도라면 크게 문제가 되진 않을 것 같습니다. 수백 단위가 나오지 않는 이상은요."

"다행이네요. 다음 전투에서는 저희가 나서보고 싶은데, 괜찮을까요?"

"네, 그렇게 하세요."

석영도 장세미의 의중을 바로 알았기에 굳이 싸우겠다고 고집 부리진 않았다. 이번 전투로 확실히 전과는 다르게 자신이 성장하고 있음을 충분히 깨달았기 때문이다.

일단 더블 샷에 추적까지 걸어서, 속사로 조졌는데도 머리에 두통이 없었다. 그건 곧 정신력이 그만큼 늘어났다는 뜻이었다. 물론 실험하고 싶은 건 좀 더 있었지만 이 동토의 땅에서 한 번만 싸울 것도 아니고, 아직 시간은 많았다.

'그리고 이번엔 팀 단위로 움직이니 이들의 적응 또한 반드시 필요해.'

그렇게 생각하며 생각을 정리 중인데 장세미가 다시 말을 걸어왔다.

"맞다. 제안하고 싶은 게 있어요."

"말해보세요."

"이놈들 잡으면 기술석? 스킬북? 그런 거 나온다면서요?"

"네, 이렇게 몬스터 소환 때는 보상으로 줄 때도 있고, 가끔 가다 드롭한다고도 하는데 드롭으로는 아직 저도 못 먹어봤습니다."

"음… 제 제안은 이거예요. 석영 씨와 아영 씨에게 반드시 필요한 기술이 아닌 중복 기술이나 스킬이 나올 경우 그건 저희가 가져도 될까요? 물론 그에 상응하는 대가는 다른 부분에서 채워 드릴게요."

"네, 그렇게 하죠."

절대, 절대로 나쁜 제안이 아니었다.

트레킹 샷은 몰라도 더블 샷은 그리 귀한 게 아니었다. 당장 리얼 라니아 커뮤니티만 가도 더블 샷을 배운 이들이 지천에 널렸다. 하지만 아직까지 트레킹 샷은 못 봤다. 좋은 걸 먹으면 자랑하고 싶은 심리를 가진 이들이 꽤나 있기 때문에 풀렸으면 나왔을 법도 한데, 아직까지는 안 보였다.

하지만 아예 없는 건 아닐 것이다.

다만 혹시 모르니 석영처럼 숨기고 있는 게 분명했다. 뭐, 어쨌든 여러 가지 이유로 스킬북이든 기술석이든 중복되는 것들이 나오면 차라리 이들을 주는 게 훨씬 이득이다.

"고마워요."

"뭘요, 어차피 서로 전략적 동맹을 맺은 사이이니 돕고 살아야죠."

"후후, 석영 씨는 무력도 무력이지만 말이 통해 든든하네요. 그럼 잠깐 쉬고 있어요. 베이스캠프 다 치면 부를게요."

"네."

장세미가 다시 처음 내렸던 바닷가 쪽으로 가고, 석영은 바닥에 철떡 주저앉았다. 눈 덮인 맨바닥인데도 조금의 차가움도 느껴지지 않았다. 군복과 그 안에 슈트의 성능은 진짜 상상 이상이었다.

"오빠, 어땠음?"

"뭐가?"

"개미들 말이야. 뭐, 저항감 같은 거 안 느껴졌어?"

"너도 한 마리 잡았잖아?"

"잡았기야 한데……. 좀 안 이상해?"

"그러니까, 뭐. 말을 해, 말을."

"얘네 너무 약해."

약하다?

표정을 보니 농담하는 건 아닌 것 같고, 아영은 진심으로 그렇게 느끼고 있는 것 같았다. 석영은 잠시 생각해 봤다. 약했나? 사실 다를 게 없었다. 그냥 한 발에 하나씩 머리를 날려 버렸으니까.

그러니 수준을 가늠해 볼 틈조차 없었다. 그저 자신의 정신력이 강해졌다는 것만 확인했을 뿐이다.

"자세히 말해봐. 어땠는데?"

"그냥… 느리고, 약해. 아까 못 봤지? 그냥 툭 내려쳤는데 다리가 뭉텅뭉텅 썰려 나갔다니까?"

"그건 네 도끼가 좋은 거라서 그렇고. 게다가 너 질러서 떴잖아?"

"그런가?"

고개를 갸웃하는 아영은 오기 전에 미친 짓을 한 번 저질렀다. 통장에 오거 액스를 살 돈, 10억 정도는 있다고 그냥 주문서를 발라 버린 것이다.

결과는? 떴다. 하얗게 빛나더니, 푸르스름한 예기가 미약하게 날을 타고 흐르는 이펙트를 휘두를 때마다 터뜨리기 시작했다. 6에서 7로 강화에 성공하면서 나온 변화였다.

절삭력은 두 배 이상 늘었다.

안 그래도 오크들이 입고 있던 사슬 갑주쯤은 그냥 반으로 갈라 버렸었는데 지금은 그 두 배다. 시험은 안 해봤지만 아영이 전력으로 내려치면 금강석도 쪼개질 확률이 높았다. 그러니 개미의 다리쯤이야, 그냥 물 베는 것처럼 쉬웠을 것이다.

"그게 전부야?"

"아니, 느꼈다니까? 눈에 그냥 어디를 공격할지, 이런 게 다 보였다니까?"

"흠……."

석영은 이유를 알 것 같았다.

요즘 들어 어느 정도 깨달은 게 있는데, 그건 바로 유저의 능력 향상은 강화 주문서와 장비만으로 결정되는 게 아닐 거라는 느낌이었다.

'정신력은 맥시멈을 뚫고 더 올라갔어. 주문서를 바르지도 않았는데 이게 가능하다는 건 유저 자체의 성장밖에 없지.'

안 그러면 석영 본인의 상태가 설명이 되질 않는다. 게다가 오늘 보여줬던 은신까지. 석영은 은신을 배운 적이 없었다. 그런데도 육체 자체가 주변의 어둠과 '동화'했다. 석영은 집중한 상태에서 시위를 당기고, 놓고를 반복하는 와중에도 그걸 확실하게 자각했다. 그런 여러 가지 것들을 종합해 보면, 유저 또한 성장하는 게 분명했다.

그러한 것들을 아영에게 설명해 주자 그녀는 잠시 이해를 못 하는가 싶더니, 이내 고개를 끄덕였다.

"그러니까 우리도 강해진단 거잖아? 그럼 뭐, 됐네."

왜 강해지는지에 대한 고민은 안 하냐? 석영은 그렇게 물으려다가 그냥 그만뒀다. 괜히 그런 걸 말해줘야 아영은 어차피 진지하게 생각하지 않을 게 분명했기 때문이다.

몬스터 사체 정리를 끝낸 한지원이 두 사람에게 다가왔다.

"어, 언니!"

"아영이 고생했어. 석영 씨도 수고했어요. 실력 여전하던데요?"

"고맙습니다."

석영이 한지원의 말에 가볍게 대답하자 아영이 또 나는? 나는 어땠는데? 하면서 옆에서 종알거렸다. 마치 나 잘했죠? 칭찬! 칭찬! 머리 쓰다듬어 주세요! 강아지처럼 구는 모습에 한지원은 풋, 짧게 웃고는 그녀의 머리를 쓰다듬어 줬다. 그랬더니 또 좋다고 헤실헤실거리는 아영이를 보며 석영은 한지원이 진짜 아영이를 잘 교육시켰구나, 하는 생각을 무의식적으로 하고 말았다. 그만큼 아영이를 상대하는 건 한지원이 최고였다.

치익.

—한 중위님, 베이스캠프 설치 완료 했습니다.

치익.

"알았다."

그 무전을 들은 석영은 자리에서 일어났다. 은하수가 반짝이는 멋진 밤하늘이 펼쳐져 있지만 관광 온 것도 아니니 잘 수 있을 때 최대한 자두는 게 최고였다. 베이스캠프로 내려오니 남자인 석영만 따로 개인 막사를 줬다.

인사를 하고 안으로 들어오니 군대 있을 때 쳐봤던 텐트와는 차원이 다른 내부의 모습이 펼쳐졌다. 원터치 형식의 텐트 같은데 방풍은 물론 보온 기능도 상당히 좋았다.

장비 정리를 대충 마친 석영은 바로 간이침대에 누웠다. 좀 좁긴 하지만 이 혹한의 대지에서 이 정도면 진짜 왕궁보다 더 좋은 환경이었다. 잠시 앞으로 일정에 대해 생각하던 석영은 그대로 잠에 빠져들었다.

*　　　　　　*　　　　　　*

2일째.

새벽 6시에 기상, 아침을 가볍게 차려 먹고는 곧바로 이동에 들어갔다. 그렇다고 걸어서 움직이는 건 아니었다. 어디서 조달했는지 군용 트럭과 오프로드 지프를 근처에서 받아 편한 이동이 되었다.

눈길을 뚫고 한참을 달리다가 점심 무렵, 두 번째로 개미 무리를 만났다. 수는 첫날 석영이 잡은 것보다 적었다.

거대 여섯, 병정 여섯, 총 열둘이었다.

전날 맞췄던 것처럼 이번에 석영은 나서지 않았다. 다만 혹시 모를 사태에 대비해 준비만 했다.

이들의 움직임은 빨랐다.

매우, 진짜 매우 빨랐다.

순식간에 사사삭 움직이더니 화망을 짰고, 저격수의 스나이핑을 시작으로 탄을 쏟아붓기 시작했다.

하지만 석영은 여기서 놀랄 수밖에 없었다. 이들은 그냥 막대놓고 갈기는 게 아니었다. 정확하게 한 발씩, 외피가 아닌 관절 부분을 노렸다. 개미는 덩치가 큰 만큼 관절의 이음새 부분도 넓었고, 그곳에 탄이 집중적으로 박히자 그대로 중심을 잃고 바닥에 처박혔다. 뒤이어 눈알, 목덜미 등에 다시 집중사격이 이어졌다.

투웅! 퉁!

퉁! 퉁! 퉁!

소음기에서 나는 억압된 총성이 마치 비명처럼 울렸고, 약 5분이 지나기도 전에 12마리의 개미가 아예 넝마가 되어버렸다. 전간대대의 사냥은 그렇게 막을 내렸고, 그걸 보며 석영도, 아영도 고개를 절레절레 저었다.

여성이라고 얕본다?

모가지 돌아가기 진짜 딱 좋다.

누가 신종 자살 방법을 물어본다면 여기 와서 지랄 한 번 떨면 될 거라고 대답해 줄 수 있는 석영이었다.

사체를 정리하고, 점심을 먹은 다음 다시 이동이 시작됐다. 저녁쯤 한국으로 따지면 산간 지방 마을과 비슷한 규모의 사람 사는 동네에 도착했다.

그리고 마을 중앙에서 일행은 경악을 금치 못할 장면을 목격했다.

"맙소사……"

아영이 흘린 단말마의 신음은 모두의 심정을 대변할 수 있는 한마디였다. 맙소사.

고치.

아니, 알인가?

개미의 알을 본 적이 있나?

그것도 사람만 한 개미의 알을 말이다.

석영의 눈앞에 있는 건 그런 개미의 알이었다. 못해도 1미터는 넘을 것 같은 새하얀 색의 알이 마을 중앙에 쌓여 있었다. 그리고 그 뒤로는 여왕개미 한 마리가 킥, 킥거리면서 뭔가를 씹어 먹고 있었다.

"시발……"

그걸 보고 있던 장세미의 입에서 거친 욕설이 나지막이 흘러나왔다. 석영은 그 욕에 전적으로 동감했다. 여왕개미가 씹어 먹고 있는 건 다름 아닌 인간이었다. 이 마을에, 혹은 이 마을 주변에 살았던 걸로 추정되는 인간의 사체를 여왕개미는 흉물스러운 주둥이로 씹어 먹고 있었다.

안 빠칠 수가 없었다.

옛날에 오크가 인간을 먹는 모습은 봤다.

오크, 그 개자식이 인간 여성을 겁탈하는 것도 봤다.

전자는 리얼 라니아에서 봤고, 후자는 현실에서 봤지만 사람을 먹는 건 진짜 들불 같은 분노를 일으켰다.

석영은 바로 활을 꺼내 들었다. 하지만 장세미가 손을 슥 들어 올렸다. 석영이 돌아보자 반쯤 감긴 눈꺼풀 사이로 새파랗게 빛나는 눈동자가 보였다. 으득! 뼈가 으깨지는 소리에 입가에 비릿한 미소까지 걸었다.

"정찰이 먼저예요. 마을 안 건물에 숨어 있을 수도 있으니까……."

석영은 그 말에 입술을 슬쩍 깨물었지만 반박하지 않았다.

이 상황에 냉정하게 거기까지 생각할 수 있다는 건 확실히 그녀가 지휘관으로서의 역량이 매우 뛰어나다는 반증이었다. 그래서 침묵했다. 오기 전에 현장 지휘는 그녀에게 일임하기로 합의를 본 터라, 석영은 일단 기다렸다.

그녀의 수신호에 대원들이 다섯 명씩 조를 이루어 잽싸게 흩어졌다. 그러는 동안에도 석영과 아영, 장세미, 한지원, 나창미를 비롯한 사람들은 게걸스럽게 인육을 탐하는 여왕개미에게서 시선을 떼지 못했다.

조각난 팔다리, 몸통. 이미 죽은 사람이었다.

여왕개미의 입속으로 들어가면 죽어서도 영면을 취하진 못

하겠지만, 그래도 지금 당장은 마을 정찰이 먼저였다. 갑자기 우르르 몰려들면 매우 골치 아프기 때문이다.

"오빠, 리얼 라니아에도 저런 건 없었어."

"알아……."

아영의 말에 석영은 짧게 대꾸했다.

생각하고 있던 부분이었다. 확실히 리얼 라니아에 여왕개미가 인육을 섭취하고, 알을 깐다는 설정은 없었다. 그런데 이놈들은 마치 현실의 개미의 습성과 아주 똑같았다.

'여왕개미라……. 진짜 생각도 못 했는데. 잠깐, 저거 한 마리는 아닐 거 아냐?'

그렇다면……?

대체 동유럽 전체에 몇 마리나 뿌려졌을까?

거대 개미나 병정개미 말고 여왕개미 말이다. 저 미친것들이 사람을 잡아먹고, 알을 까면 개미는 무제한으로 소환되는 것과 마찬가지였다.

"작전을… 싹 뒤집어야겠는데."

장세미도 그걸 느꼈는지 까득! 이를 갈며 말했다.

확실히 그녀의 말처럼 목표 자체에 전면적인 수정이 필요했다. 원래 목표는 오벨리스크와 오벨리스크를 지키는 몬스터를 잡는 것이었다. 오벨리스크의 위치야 이미 충분히 파악해 뒀으니 그 경로만 따라서 움직일 생각이었는데 저 여왕개미를 보니 오벨리스크가 문제가 아니었다. 아니, 그것도 충분히 문제가 되긴 하지만, 저 여왕개미만큼은 아니었다. 지금 이 순간에도 수백일지 수천일지 모르는 여왕개미가 알을 까고 있을 것이다.

'그게 일정 시간이 지나… 부화하면?'

동유럽은 무너진다.

동유럽이 무너지면 북한, 중국, 몽골은 물론, 북진을 뺀 어떤 선택을 하더라도 엄청난 인명 피해가 일어날 것이다.

"아… 시발. 이거 엿 됐다."

정미경, 라쿤에 연락해.

네.

정미경이 급히 통신을 준비했고, 아직 오벨리스크의 통신 반경 안으로 들어가기 전이라 통신은 살아 있었다. 어, 나야, 하는 장세미의 말이 나올 때에도 석영은 아직도 정신없이 주둥이를 움직이고 있는 개미를 노려보고 있었다.

"아, 오빠… 못 참겠다……."

"참아……."

아영의 입가에도 그녀가 전투 모드에 들어서면 나오는 비릿한 미소가 걸려 있었다. 그 미소는 어떤 희열에 젖은 것 같은 느낌을 풍겼는데, 이때의 아영은 진짜 광전사가 떠오를 정도로 전투에 미친 여자처럼 싸운다.

그런데 지금이 딱 그랬다.

당장 아영만 움직여도 저 팔다리를 모조리 도륙 낼 것이다. 하지만 접근은 아직 금지다. 어떤 능력을 가졌는지 알 수 없었기 때문이다. 라니아에 여왕개미는 있다. 그리고 그놈은 매우 세다.

마법, 물리적 공격 전부.

그러니 접근전보다는 석영의 타천 활로 조지는 게 최고였다.

"어, 나야. 상황이 변했어. 미친… 여왕개미가 나왔어. 그래, 알을 까더라……. 이거 우리만으로 어떻게 할 수 있는 전력이 아니야. 호텔 사할린은? 움직였어? 지랄… 더글라스, 당신은 그녀랑 직통 회선을 가지고 있지? 빌어먹을……! 그걸 따질 때가 아니라고! 전격전이야. 이 미친 개미 새끼가 까놓은 알이 부화하면 동유럽 전체가 개미로 뒤덮일걸? 지금 내 눈앞에도 수백 개의 알이 보여!"

이를 악물고 끊어 뱉는 말에는 장세미의 감정이 고스란히 들어가 있었다. 하지만 석영은 그 대화를 들으면서도 시위에 손을 건 채, 아직도 여왕개미의 아가리를 노려보고 있었다.

"수백 마리일지, 수천 마리일지 어떻게 알아? 속도전이야. 오벨리스크는 지랄… 개미부터 못 조지면 진짜 작살난다고! 벤 옆에 있지? 여기 위치 보내줄 테니까 소환 당시 이곳에서 터진 빛이나 그런 걸로 다른 점이 있는지 찾아보라고 해. 급하다…….

우리 본거지가 동남아에 있다고 안심할 때가 아니야……. 그 새끼들? 그것들은 안 돼. 챙? 음, 그러면 괜찮지. 가능한 많은 인원들이 와야 돼. 그리고 언론에 정보 흘려야겠어. 이거, 우리만으로는 감당이 벅차. 그래, 사진 찍어서 보낼 테니까 슬쩍 흘려. 그럼 알아서 대응할 거야. 할걸? 니들 잘나신 미합중국 나리도 바다 건너 있다고 안심하진 않을 텐데? 아시아, 유럽 먹히면 지구는 멸망이야. 그러니 알아서 대응할 거야. 알았어. 바로 연락해. 여기 진짜… 급하다. 배 돌린다고? 합류? 그럼 좋지. 투 에스와 투 핸드의 실력은 확실하니까. 록? 걔 머리는 괜찮고? 좋아졌으면 뭐……. 미친 작전이야 어차피 내가 끊어버리면 되고. 알았어. 빨리 와. 우리는 눈앞에 놈 정리하고 스타팅 포인트로 다시 이동할게. 그래."

뚝.

길었던 대화가 끊겼다.

석영은 그 대화를 통해 무슨 얘기가 오갔는지 전부 알 수 있을 것 같았다. 그사이 정찰을 나갔던 대원들이 속속들이 복귀했다. 복귀해서는 하나같이 아무런 징후도 발견할 수 없었다는 말을 전했다.

마지막 조까지 복귀해 이상 무 보고를 하고 나서야 석영은 고개를 돌려 장세미를 바라봤다.

잠시 침묵 끝에 고개를 끄덕이는 그녀.

피식.

히죽.

서로 다른 감정이 담긴 미소를 교환해 주는 순간 나창미가 '찢어 죽여 버리고 싶다. 시발 새끼를 그냥……' 하고 혼잣말을 흘렸다.

두드드득!

한 발, 두 발.

'하나 더, 하나… 더.'

의식의 집중.

집중하기 무섭게 지끈지끈 두통이 몰려오면서 새까만 어둠이 하나 더 시위에 걸렸다.

된다.

좋아할 겨를도 없이 이미 봐두었던 두 눈, 그리고 아가리를 노리고 시위를 놨다.

투웅……!

슈아아아아악!

바람을 가르는 세 가지의 파공성과 함께 샛노란 눈을 관통, 그리고 아가리를 관통했다가, 정수리를 뚫고 솟구쳤다.

푸확!

눈에서는 노란 진액이 터졌고, 정수리에서는 진녹색 진액이 터졌다. 아마 저걸 피라고 할 수 있을 것이다.

키엑! 키르륵!

풍이라도 맞은 것처럼 몸을 덜덜 떨더니 이내 풀썩 쓰러졌다.

띠링.

드롭 아이템이 자동으로 인벤토리로 전송됩니다.

어?

다른 설정이었다.

또 변했다.

눈앞에 거대 여왕개미는 현실의 법칙을 따르는데, 잡고 났더니 또 게임의 법칙이 적용됐다. 하지만 지금 당장은 아주 지랄 같은 상황이라 석영은 드롭에 대한 것은 말하지 않았다. 뭔지 나중에 확인하면 되고, 필요 없는 거면 주면 된다.

"저 빌어먹을 알 싹 소거하고! 스타팅 포인트로 복귀, 라쿤이랑 합류한다. 그리고 작전을 새로 짜고 움직인다, 이상. 서둘러!"

"네!"

한지원이 나창미와 함께 움직여 여왕개미의 사체를 수습하고, 곧바로 되돌아왔다. 너무 충격적인 상황이어서 그런지 다시 돌아가는 동안은 너무 조용했다. 충격이었다. 사람을 먹는 괴물의 출현, 그걸 영양분 삼아 알을 까고, 부화한다?

"시발, 무슨 에일리언도 아니고……."

골 때리다 못해 진짜 빡 치는 상황이었다.

번식능력을 갖춘 몬스터의 출현.

이건 판 자체를 바꿔 버리고도 남을 상황이었다.

장세미는 바로 그걸 알아차리고 회군을 명했다. 준비가 안 된 마당에 적진으로 침투하는 불에 달려드는 불나방과 다를 바 없기 때문이었다.

"오빠."

한 시간 이상 지속되던 침묵은 아영이 깼다.

"왜?"

"지금 상황, 아주 엿 같은 거 맞지?"

"응."

엿 정도가 아니라, 머릿속에 있는 모든 비속어를 써서 비유해도 부족할 정도로 상황이 더러웠다. 솔직히 좀 가벼운 마음이었다. 성장한 자신의 정신력부터 어둠에 동화되던 능력, 그리고 전간대대의 입이 쩍 벌어질 정도의 전투력까지, 솔직히 쉽게 쉽게 갈 수 있을 거라 생각하는 마음도 있었다.

하지만 그건 완전히 오산이었다.

이건 동유럽의 문제가 아니었다.

"어쩌면 대륙이 쓸려 버릴 수도 있어……."

"그 정도야?"

"응. 우리가 운 좋게 몇 마리 없는 여왕개미를 본 거라면 좋겠지만 그럴 리는 없겠지. 이렇게 후미진 곳에, 오벨리스크의 영향력도 없는 곳에도 한 마리가 있다는 건 그 안에는 훨씬 더 많다고 봐야겠지. 러시아가 어디 좀 큰 나라야? 동유럽까지 포함하면 땅 덩어리가 엄청나. 그 안에 백 마리 정도만 있다고 쳐도 지옥이다."

"아……."

"아까 봤지? 일주일도 안 지났는데 몇백 개의 알을 낳았어. 그럼 백 마리가 알을 낳았으면? 다 부화했을 때는 몇만 마리야……. 계속 그렇게 모른 채로 시간이 흘렀으면?"

"생각만 해도 끔찍하다."

수만이 아닌 수천만 마리의 개미 웨이브를 감당해야 했을 거다. 그건 솔직히 핵을 갈기지 않는 이상 정리 불가능이었다. 근데 핵을 갈기면 몬스터도 죽지만, 인간도 같이 죽는다. 지금도 대피하지 못한 러시아 시민들이 곳곳에 숨어 있을 게 분명했고, 그 수는 못해도 개미만큼은 될 거란 보도가 있었다.

석영의 말을 들은 대원들이 고개를 조용히 끄덕였다. 그중엔 한지원도 있었다.

"후우, 세상 참… 지랄 맞게 변했다. 이 정도면 옛날에 아프리카나 중동에서 작전 뛸 때가 차라리 더 좋았던 것 같아."

"그러게 말이다, 얘. 그때가 좋긴 좋았어……."

그녀의 말을 옆에 있던 나창미가 맞장구쳤다.

그녀들의 대화에 석영도 차라리 옛날의 게임 폐인, 아웃사이더였을 때가 훨씬 더 좋은 시절이라는 생각이 들었다.

'그땐 적어도 이런 생존 걱정은 안 했으니까.'

타천 활?

이런 현실이 아니었다면 필요도 없는 물건이었다.

이런 현실이니까 무적의 힘을 자랑하고, 절대 포기할 수 없는 물건이 된 것이다. 그런데 만약 타천 활을 가져가는 대신 옛날의 평화로웠던 일상으로 돌려보내 준다고 하면 석영은 아무런 망설임 없이 타천 활을 줘버릴 것이다.

"좀 자둬요. 스타팅 포인트에 또 애새끼들 몰려왔을지 모르니까."

한지원의 말에 석영은 고개를 끄덕이곤 눈을 감았다. 그렇게 잠들려고 했으나 아까 드롭 아이템이 인벤에 들어온 게 생각나 다시 눈을 뜨곤, 인벤토리를 열었다. 첫 번째는 석판 형태의 아이템, 기술석이었다.

쇼크 차징.

방패로 후려갈겨 스턴을 먹이는 전사 기술 중 하나였다.

'이건 아영이 전용이네.'

그 옆에는…….

'어……?'

저도 모르게 석영은 속으로 탄성을 흘렸다.

주문서.

테두리가 새하얗게 빛나고 있는 주문서.

축복받은 강화 주문서였다.

그리고 그 옆에 곤충의 날개 형태를 가진 망토 아이템이 수줍게 쨍 박혀 있었다.

스타팅 포인트에 다시 베이스캠프를 설치한 뒤, 석영은 아영과 함께 장세미를 찾아갔다.

그녀는 지휘소에 있었다. 넓적한 군용 천막 안은 훈훈한 열기로 가득했다. 윤진아, 정미경과 함께 뭔가를 논의 중이던 그녀는 석영이 들어가자 반갑게 반겨줬다.

"어서 와요. 숙소는 쓸 만하죠?"

쓸 만하냐고?

쓸 만한 정도가 아니었다.

"네, 아주 만족 중입니다. 제가 군 생활 때 썼던 숙소보다 낫더군요."

"후후, 한국군 숙소가 정말 열악하긴 하죠."

석영은 벌써 예비군은 예전에 끝나고, 민방위도 거의 끝나 간다. 그러니 못해도 13년, 14년 전에 군대를 갔다 왔단 소린데 그때 육군의 숙소는 진짜 쓰레기급이었다. 겨울에는 더럽게 춥고, 여름에는 더럽게 더운 최악의 숙소에서 이 년 가까이 군 생활을 했다. 그러니 지금 이런 숙소는 진짜 최고의 환경이었다.

"먹고, 자는 것만큼은 제대로 보급이 되어야 안정적인 전투력을 유지할 수 있죠. 편애하는 건 아니니 아무 걱정 말아요. 우리 대원들도 이 인이 하나를 쓰지만 충분히 넉넉하니까요."

"네. 그것보다 오늘 얻은 아이템에 대해 상의 좀 했으면 합니다."

"아이템요?"

장세미가 고개를 갸웃하자, 석영은 인벤토리에서 아까 들어왔던 세 개의 아이템을 전부 꺼냈다. 우르르, 지켜보던 세 사람이 바로 테이블로 다가왔다.

"이건 기술석, 쇼크 차징입니다. 이건 축복받은 강화 주문서. 그리고 이 날개는 여왕개미의 은빛 날개 같습니다."

"이걸 어디서 얻었죠?"

"여왕개미를 잡는 순간 시스템 메시지와 함께 인벤토리로 바로 들어오더군요."

"그래요? 흠… 고마워요. 솔직히 말해줘서."

"별말씀을."

석영이 이걸 공개한 이유는 딱 하나다.

신뢰.

어차피 이들과 앞으로 함께 가야 한다면, 차라리 서로간의 신뢰를 쌓는 게 훨씬 좋다. 그런 신뢰는 이러한 기본적인 솔직한 분배가 아주 효과가 좋다.

"음, 우리는 방패를 착용하는 대원은 없어요. 아영 씨는 배웠나요?"

"아니요, 헤헤."

아영이 헤실거리며 대답하자 스윽, 장세미는 기술석을 손끝으로 그녀에게 밀었다. 자신의 앞으로 온 쇼크 차징 기술석을 반짝거리는 눈으로 바라봤다. 그러다가 곧 석영을 올려다보는 아영. 석영이 고개를 끄덕이자 냉큼 기술석을 챙겼다. 어차피 장세미가 먼저 안 줬으면 기술석은 아영에게 제안을 할 생각이었다.

필요한 사람에게 아이템이 가는 게 가장 현실적인 전력 상승에 큰 도움이 되니 말이다. 이번엔 은빛 망토를 석영이 장세미에게 밀었다.

"기본 물리 방어에, 마법 방어력과 체력, 정신력 회복 기능까지 붙어 있는 템이니 이건 그쪽 근접대원이 착용하는 게 좋을 것 같습니다. 아직까지 마법을 쓰는 몬스터는 없지만 여왕개미가 원래는 마법 공격도 사용하는 몸이니 챙겨둬서 나쁠 게 없을 겁니다."

"고마워요. 창미나 지원이 주면 되겠네요."

석영도 그 생각을 했다.

두 사람은 근접 전투에 스페셜리스트다.

전투 민족 김아영보다 훨씬 더 감각이 뛰어나고 실전 경험이 풍부한 이들이니 딱 어울리는 아이템이었다.

마지막으로 남은 축복받은 주문서였다.

석영은 이것도 장세미에게 밀었다.

"본래 게임에서 아이템 분배는 파티장의 몫입니다. 이런 주문서, 골드, 사체 종류는 나중에 이곳에서 작전을 성공적으로 마무리 지었을 때 한 번에 하는 게 좋겠습니다."

"믿어줘서 고마워요. 이건 제가 잘 챙겼다가 분배하도록 할게요. 진아야, 챙겨놔. 목록에 적어놓고."

"네."

윤진아가 주문서를 받아 금고에 넣고는 리스트에 주문서 이름을 추가했다. 장세미는 이후 싱긋 웃으면서 손을 내밀었다.

"우린 서로 좋은 파트너가 될 수 있을 것 같은데요?"

"저도 그렇게 생각합니다."

아닌 게 아니라, 잠시 겪어본 이들은 실력도 있지만, 신의(信義)도 있었다. 그래서 이들과의 신뢰 형성은 앞으로의 생존에 막대한 영향을 끼칠 것이라 판단한 석영이다.

무전을 받은 한지원이 지휘소 안으로 들어왔다. 석영과 아영을 보며 잠시 고개를 갸웃거린 그녀는 바로 장세미의 앞으로 와 가볍게 경례를 올렸다.

"충성, 무슨 일이십니까?"

"편하게 해."

"네, 언니."

헐?

석영은 깜짝 놀랐다.

이런 모습도 갖췄나?

기강이 세서 좀 딱딱할 거라 생각하고 있었는데 석영은 자신이 틀렸다는 걸 금방 깨달았다.

"창미는?"

"좀 쑤신다고 애들 데리고 정찰 나갔어요."

"쯔쯔, 쉬라니까. 어차피 척후 세웠는데 왜 사서 몸을 피곤하게 만들고 난리야. 애들만 고생하네."

"가만있지 못하는 성격 알잖아요. 술이라도 좀 주면 괜찮을 텐데 지금은 그런 상황도 아니고요."

"그렇긴 하지. 요즘 좀 어때 보여?"

"불안하죠, 뭐. 언니도 겪어봐서 알잖아요? 멘탈이 어떻게 되는지."

"야, 난 멀쩡하거든?"

"그건 언니가 멘탈 괴물이라 그렇고요. 창미 언니는 원래 소녀소녀 했었잖아요."

"그거야, 뭐……."

쯔.

장세미가 혀를 차자 아영이 살짝 옆으로 붙어 귓속말로 속삭였다.

"그 무서운 언니 뭔 일 있었나 보네? 뭘까? 오빠가 물어봐라."

딱!

아얏!

"헛소리하지 마."

"아 씨… 농담이었는데……. 힝."

"농담 같은 농담을 해야지. 앞으로도 헛소리하면 맞을 줄 알아."

"이잉… 때릴 꼬야? 이렇게 예쁜 아영이를?"

아아…….

또 시작됐다.

갑작스럽게 훅 치고 들어오는 아영이의 이런 모습은 진짜 적응이 안 됐다. 아영이의 모습에 품, 장세미가 웃음을 터뜨렸고 석영은 고개만 절레절레 저었다.

이후 석영은 인사를 하곤 막사를 나와 바로 숙소로 갔다. 이제 슬슬 저녁 시간이라 석영은 뭘 먹을까 하다가, 챙겨 온 라면이 생각났다. 사실 가방의 반 정도가 라면이었다. 고칼로리 식품이라 하나만 삶아 먹어도 충분히 배가 부른, 현 상황에서는 최고의 음식이었다.

버너를 꺼내 냄비에 물을 붓고 불을 켠 다음, 바로 면과 스프를 넣었다. 물이야 딱 맞춰 넣었으니까 이렇게 끓여도 충분히 꼬들꼬들한 라면이 된다. 보글보글 끓기를 4분. 석영은 불을 끄고 나무젓가락을 들었다.

하지만 막 건져서 입에 넣으려는데, 천막이 걷히면서 한지원이 들어왔다.

"어, 이 냄새. 라면이에요?"

"네, 크음."

"와, 치사. 좋은 건 나눠 먹죠?"

"…하나 더 끓일까요?"

"후후, 그럼 좋고요. 물론 공짜로 달라곤 안 할게요. 짠."

짠, 하고 야상 속주머니에서 쇠 통 두 개를 꺼내는 한지원. 서부극이나 옛날 전쟁 영화를 보면 자주 등장하는 보드카병이었다. 즉, 술병이었다.

"설마 술?"

석영은 순간 혹했다.

술은 그도 적당히 즐기기 때문이었다.

"후후, 그럼 뭐로 보여요?"

"아깐 안 된다고 하지 않았나요?"

"모든 일엔 다 꼼수가 있는 법. 규율이야 뭐, 어기라고 있는 거 아니겠어요?"

피식.

약속은 깨라고 있는 거고, 비밀은 깨지라고 있다는 말의 변형이었다. 그런 변형된 말이 한지원의 입에서 나오니 그것 나름 또 재밌었다.

"그냥 이대로 먹어요. 원래는 망토 줘서 고맙다고 인사하고, 선물 겸 하나 주고 가려고 했는데 라면이 있으니… 그냥은 못 가겠네요, 후후."

그러더니 넉살 좋게 상자 하나를 들고 앞에 앉았다.

뭐, 석영도 크게 불편하진 않았다. 오히려 대화 부분에선 아영보다도 한지원이 훨씬 더 말이 통하고 편했다.

하지만 술자리가 시작되진 못했다.

치익.

─한 소위, 라쿤 왔음.

나창미의 장난스러운 무전에 한지원은 슬쩍 인상을 찡그리곤 젓가락으로 라면을 후르륵! 한 방에 다 털어 넣고 자리에서 일어났다.

"음, 음. 맛있네요. 라면은 제가 다 먹었으니 이걸로 계산할게요."

그러더니 술을 내려놓고 바로 밖으로 나갔다.

피식.

하여간 이 여자나, 아영이나.

참 제멋대로인 여자였다.

석영은 남은 국물에 즉석 밥을 말아서 먹고는 밖으로 나왔다. 밖으로 나가니 전에 잠수함을 끌고 왔던 라쿤 상회가 보였다.

석영은 긴장했다. 그때 느꼈던 아시아계 중국인, 레비라는 여자 때문이었다. 그 옆에 있던 트윈 테일의 여성도 만만치 않았다. 장세미가 리더로 보이는 흑인, 그리고 샐러리맨 같은 일본 남자와 심각하게 얘기를 하고 있었다. 아영은 석영이 나오자 다가오더니 코를 킁킁거렸다.

"어… 혼자 뭐 먹었다……. 이것은… 이거슨! 라면!"

그러더니 혼자 방방 뛰다가 시선이 몰리자 석영의 뒤로 쏙 숨어버렸다. 석영은 일단 상자 하나를 가지고 나와 숙소 앞에 내려놓고 걸터앉았다. 어차피 가봐야 대화에 도움이 되지 않기 때문이었다.

하지만 역풍을 타고 둘의 대화가 충분히 알아들을 수 있는 크기로 날아왔다.

"그러니까 알을 깠다는 거지?"

"그렇다니까. 못해도 몇백 개였어. 미친… 그리고 알을 낳기 위해서 사람을 먹고 있었어."

"삐킹."

"더럽게 뻐킹한 상황이지."

"챙은 연락했어. 본부에 연락하고 바로 넘어올 거야."

"다행이네. 호텔 사할린은?"

"연락이 안 돼. 아무래도 안으로 이미 들어간 것 같아."

"제길……."

석영은 그 얘기를 들으며 사실 전체를 이해하진 못했다. 하지만 맥락은 충분히 이해했다.

'내가 모르는 세상엔 괴물이 참 많구나.'

그녀가 지원을 요청할 정도면 분명 무시무시한 실력자들일 것이다. 당장 흑인 근처에서 대화를 듣고 있는 두 여성만 해도 그랬다. 한 명은 무슨 괴물을 보는 느낌이고, 비슷한 신장의 다른 여성은 싱글싱글한 얼굴이지만 뭔가 엄청 꺼림칙한 느낌이 잔뜩 풍겼다. 건드리지 마라. 건드려선 좋을 게 하나도 없다. 본능이 그렇게 속삭이고 있었다. 이 두 여성만 봐도 이럴진대, 그녀가 대놓고 지원을 요청했으면 또 얼마나 강한 실력자들일까?

"챙을 기다릴 여유는 없겠지?"

흑인 리더의 말에 장세미는 바로 고개를 끄덕였다.

"지금 이 순간에도 여왕개미들이 사람을 잡아먹으면서 알을 까고 있는데, 어떻게 기다리겠어."

"하긴. 그럼 우리끼리 들어가야 하는 건가? 그래도 챙에게도 정보를 전해주곤 가야 돼."

"작전 경로를 짜야 되는데 오벨리스크의 영역권 안으로 들어가면 말짱 꽝일걸? 알잖아? 작전은 항상 있는 그대로 진행되지 않는다는 걸."

"그렇지. 이거 진짜 곤란하군. 아무리 챙이라도 그의 세력만으론 무리야. 며칠 못 가. 그 빼고 전부 개미 새끼들의 영양분이 될걸?"

리더, 더글라스의 말에 장세미는 머리를 벅벅 긁었다. 차분하다 못해 냉정한 그녀가 저런 행동을 보일 정도로 지금 상황은 참 더러웠다. 그들의 대화를 조용히 듣고 있던 아영이 팔꿈치로 석영을 툭 치곤 말했다.

"오빠, 우리 마법 통신기 여유 좀 있지 않나?"

"있기야 하지. 넉넉하게 받아 왔으니까."

"그걸로 어떻게 신호 못 주고받을까?"

"반경의 한계가 있는 건 알지?"

"부대를 쪼개야 하잖아?"

"음……."

간만에 아영이의 입에서 나온 제대로 된 생각이긴 한데, 통신기는 일정한 신호음만 전달하지, 거리를 알려줄 순 없었다. 따로 신호를 설정하면 되긴 하겠지만, 이것도 한계는 존재한다. 바로 통신기마다 제각각 차이는 있지만, 대략 5킬로 정도만 떨어져도 서로 연결이 되지 않는다는 점 때문이었다.

거리가 무한하지 않기 때문에 이 넓은 러시아 땅덩어리에서 거리 간격을 유지하며 쓰기란 사실상 불가능했다.

"안 되겠다."

"힝……."

석영의 안 되겠단 말에 아영은 풀이 죽어 고개를 푹 숙였다. 그리고 처음으로 샐러리맨 차림의 일본 사내가 입을 열었다.

episode 50
섬멸전

"이렇게 하죠."

매우 차분한 목소리라 주변의 시선이 쭉 끌려갔다. 그리고 재밌는 건 그가 입을 열자 그의 여성 동료 둘과 더글라스의 표정이 굳었다는 점이었다. 그를 잘 알고 있는지 장세미도 마찬가지였다.

"어이, 어이. 또 무슨 생각을 하고 있는 거야?"

"왜? 더글라스. 제법 괜찮은 생각이 떠올랐어."

"너한테는 좋은 생각일지 모르겠지만 우린 무섭다고."

"요즘 쫄보가 된 것 같은데? 겁이 많이 늘었어."

"누가 그렇게 만들었는데⋯⋯!"

더글라스는 목소리를 높였지만 화가 난 것 같진 않았다. 다만 예전에 뭔 일이 있었던 것 같았고, 그건 아직까지 현재 진행형인 것 같았다.

"일단 들어나 보자고. 여기서 언제까지 허송세월 보낼 수도 없잖아?"

"흠, 그러자고. 라크, 말해봐."

일본 사내 같은데 이름은 라크라.

석영이 참 특이한 이름이라 생각할 때쯤 라크라 불린 사내가 입을 열었다.

"이번 작전은 무리한 작전은 아닙니다. 일단은 세 개 조로 나눕니다. 그리고 각 조는 특정 지역으로 이동합니다. 여기서 가장 중요한 건 출발 순서와 이동할 시간을 정확하게 맞춰야 한다는 점입니다."

"흠, 예를 들면?"

"각 조를 A, B, C라고 정하죠. 도착점은 D라고 정하겠습니다. A가 출발합니다. B와 C는 여기서 대기합니다. A는 하루간 D로 이동합니다. 이후 휴식. 경로가 틀어지면 안 됩니다. 만약 틀어질 것 같은 경우 뒤로 빠집니다. 물론 빠질 때도 경로 안에서 움직여야 합니다. 하루가 지나면 A는 이동을 멈춥니다. 그다음 B가 이동합니다. 같은 방식으로 C도 이동합니다. 두 번 정도 반복하면 어느 정도 움직일 수 있습니다. 그리고 그 정도면 챙도 여기 도착할 시간으론 충분합니다. 아, 그들을 안내할 사람 몇 명은 있어야겠네요."

일목요연한 라크의 말에 몇몇은 안도를, 몇몇은 고개를 끄덕였다. 석영도 그걸 듣고 나쁘지 않은 생각이라고 생각했다.

며칠이나 여기서 허비할 수는 없었다. 가능한 빨리 들어가서 여왕개미의 소탕전을 시작해야 했다. 안 그러면 진짜 감당하지 못할 수의 개미가 동유럽 일대에서 태어나, 지구를 집어삼킬 수도 있기 때문이었다.

"오빠, 이거 우리끼리 가능할까?"

"힘들지."

석영은 아영의 말에 바로 대답했다.

솔직히 석영은 지금 좀 회의적이었다.

위기라는 데는 동감하나, 이 인원으로 이 위기를 해결할 수 있을 것 같진 않았다. 그런데 뜻밖에 아영이 괜찮은 의견을 제시했다.

"라니아 게시판에 올려볼까? 혹시 알아? 팀 모아서 우르르 들어올지?"

"괜찮은 생각인데? 아이템도 찍어서 올리자. 축복 강화서까지 올리면 더 효과도 좋을 거야."

석영은 바로 장세미에게 다가가 의견을 알려줬다. 그러자 잠시 고민하던 장세미는 바로 주문서를 꺼내 오라고 지시하고는 다시 대화에 몰두했다. 주문서는 한지원이 가지고 왔다.

"이걸로 뭐 하게요?"

"아영의 의견입니다. 이 주문서와 현재 상황을 찍어서 라니아 홈페이지에 올리려고요."

"흠, 나쁘지 않네요. 아영이가 좋은 아이디어 냈네."

"헤헤."

아영이는 헤픈 웃음을 흘린 뒤 바로 사진을 몇 장 찍었다. 거기다 자신이 받은 기술석까지 찍어서 가지고 온 소형 노트북으로 라니아 게시판에 글을 올렸다.

반응은 금방 일어났다. 폭발적으로 조회수가 늘더니 곧 진위 여부에 대한 다툼이 일어났다. 하지만 그 논란은 금방 종결되었다.

아이디의 주인이 연예인 김아영이란 건 누구보다 이곳 사람들이 잘 알고 있었다. 그래서 아영은 러시아의 벌판이 보이는 배경으로 주문서와 기술석을 손에 쥐고 사진을 한 장 떠 찍어서 댓글 창에 달았다.

인증이 끝나자, 그다음은 글 내용에 대한 논란이 일어났다. 하지만 타이밍 좋게 각국의 언론에서 빌이 뿌린 자료를 토대로 기사를 만들어 뿌리기 시작해 아영의 글은 곧바로 인증글 게시판으로 넘어갔고, 불이 붙었다.

게이머.

이들은 게이머다.

그것도 아이템과 사냥, 전투에 흥미를 맞춘 RPG 게이머다. 다른 말로는 플레이어, 유저, 히어로 등등 많지만 저 댓글을 다는 사람들 중엔 현실을 게임이라 생각하는 이들이 굉장히 많았다.

그리고 그것과는 반대로 정말 종말에 대비해 자신의 실력을 키우기 위해 사냥을 거르지 않는 이들이 있었다. 그런 이들에게 이곳 러시아는 기회의 땅이었다. 일단 축복받은 주문서의 드롭과 기술석 드롭만으로도 이미 충분히 사냥터로서의 가치를 인정받아 버렸다.

"와우, 화끈한데?"

"잘 통했네. 많이 넘어오겠어."

"헤헤, 나 잘했음?"

피식.

석영은 대답 대신 그냥 오랜만에 엄지만 척 내밀어줬다. 오랜만의 칭찬에 아영은 한없이 우쭐해졌고, 한지원은 그런 아영이의 머리를 쓰다듬어 줬다. 그러나 석영의 기분은 그리 좋은 편은 아니었다.

'이제 이곳으로 넘어온 많은 유저가 죽겠지.'

사냥 중 게임 오버 당하는 건 그리 신기한 일이 아니었다. 심지어 리얼 라니아에서도 사냥, 전투 중 사망은 현실 세계에서도 사망으로 이어졌다. 그러나 여기는 아예 현실이었다. 죽으면 부활은 없었다.

그러니 많은 유저가 피를 흘릴 것이다.

많은 유저가 강해질 테지만, 그만큼 피해가 일어날 것이다. 석영은 그게 내키지 않았지만 어쩔 수 없었다.

'아영이의 제안은 지금 상황에서 너무 타당한 아이디어니까.'

몇 번이나 말했듯이 어차피 러시아에서 못 막으면 어쩔 수 없이 저 개미들을 한국 내 영토 안에서 붙어야 했다. 산지가 많고 좁은 지형인 한반도에서 전투가 벌어지면 진짜 최악 중의 최악의 결과가 일어나리라는 건 불을 보듯 뻔한 일이었다. 그러니 피해가 나오더라도, 수백수천의 목숨이 날아가더라도 여기서 끝을 보는 게 최고였다.

"왜요, 표정이 별론데요?"

한지원의 말에 석영은 그냥 고개만 저었다.

그런데 한지원은 역시 눈치가 빨라 정곡을 쿡 찔렀다.

"사망자가 나올까 봐 걱정하는 거죠?"

"⋯네."

"석영 씨 요즘 감상적이 됐네요?"

"그들이 알아서 들어와 죽는 거면 별 감정 안 들겠지만⋯⋯."

"부추겼으니까?"

"그런 셈이죠. 하지만 방법이 없으니 아영이의 의견은 최선
이었다는 걸 알고는 있습니다. 뭐, 잠깐 그렇게 생각하는 거니
까 너무 걱정 마세요."

"후후, 안 해요, 그런 걱정. 석영 씨를 아영이만큼은… 아니
다, 아영이보다도 전 잘 아니까."

아니! 왜요?

왜 언니가 더 잘아요?

빽!

총총 뛰며 흥분한 아영이의 말에 두 사람은 피식 웃고 말았
다. 그런 아영이를 한지원은 다시 머리를 쓰다듬어 진정시킨
뒤, 진지하게 말을 이었다.

"당신은 감성보다는 이성이 앞서는 사람이에요. 그것도 월
등히. 좋게 말하면 냉정하고, 자기중심적이라 할 수 있죠. 결
코 이타적인 감정이 당신에게 있진 않아요. 나쁘게 말하면 반
사회적 성향이 강하다고 할 수 있을 거예요. 그러니 이번에도
마찬가지예요. 당신은 아마 지금만 그런 생각을 할 뿐, 나중에
는 별로 생각도 안 할 거예요. 이번에는 최소한의 사과 정도
되겠네요."

"칭찬입니까, 욕입니까?"

"둘 다겠죠?"

피식.

한지원의 말에 석영은 그냥 실소를 흘렸다. 확실히 자신은 그런 성향이 맞다. 그걸 석영은 아주 확실하게 인지하고 있었다. 그래서 지금 한지원의 말처럼 지금 석영이 미안한 감정을 가지는 건 앞으로의 사냥, 혹은 전투에서 죽어 나갈 자들에 대한 최소한의 사과였다.

'어찌 됐든 나랑 아영이가 이 지옥으로 부른 거니까.'

기회의 땅이다.

그러나 반대로 지옥이기도 하다.

독이 든 성배.

러시아가 딱 그 꼴이었다.

사냥을 통해 재화, 아이템, 기술, 주문서, 전투 경험까지 많은 것들을 얻을 수 있지만 실수 한 번이, 그리고 방심 한 번이 그대로 요단강 너머 먼저 간 가족과 지인들의 손짓을 볼 수 있게 만들어줄 거다.

그만큼 이곳은 기회가 가득하면서도 위험한 곳이었다.

'이건 뭐, 미리 명복을 빌어주는 거나 다름이 없네.'

"그냥 미리 명복 빌어주는 거 아냐?"

헐……

석영은 자신의 생각과 거의 똑같은 말을 꺼내는 아영이를 좀 놀란 눈으로 바라봤다. 왜? 왜욤? 순진무구한 눈망울 콘셉트로 그렇게 올려보자, 석영은 그냥 고개를 절레절레 저었다. 어쨌든 감성적이던 석영은 훌쩍 떠났다. 석영은 담배를 꺼내 입에 물고는 마침 궁금증이 생겨 한지원을 보며 물었다.

"지원 씨는 퀘스트 보상 뭐 받으셨습니까?"

"저요? 반지요."

역시 똑같은 걸 받았다.

"몇 개나 받았습니까?"

"스무 개요."

역시 한지원…….

석영이 열 개를 받았다.

그런데 한지원은 석영보다 두 배나 많이 받았다. 그건 퀘스트 진척도가 최소한 석영보다 두 배는 높다는 뜻이었다. 도대체 무슨 퀘스트를 해결했는지 궁금해졌다. 그래서 물었더니, 그녀는 쿨하게 내용을 알려줬다.

"마도 제국 알스테르담의 황자가 준 퀘스트에요. 자신의 정적 무리의 리더 격인 공작의 목을 쳐달라고 했죠. 얼마 안 걸렸어요. 한 일주일?"

역시 급이 참 달랐다.

"오오, 오빠 이거 봐요. 벌써 파티 꾸리고 있는데요?"

"벌써?"

"네, 이 팀은 벌써 모집 끝났네. 어디 누가 신청했는지 볼…

와우, 얘들 꽤 이름 있는 애들 아니에요?"

"음……."

아이디 면면을 보니 확실히 예전에도 그랬고, 지금도 상위에 들어가는 실력 있는 유저들이었다. 특히 법사 중에 한 명은 라톰을 갈기는 영상을 배포했던 유저이기도 했다.

"여기 법사는 그레이트 힐까지 배운 법사네요."

"오, 이분! 저 이분이랑 게임한 적 있어요. 진짜 힐 타이밍이랑 버프 타이밍 작살났어요. 목소리 들어보니까 여자였는데, 되게 차분했던 것 같아요."

"얼굴도 예쁜데? 나만큼은 아니어도."

리얼 라니아는 옛날 아이디를 계속 그대로 사용되지만, 범죄를 막기 위해 본인 인증 시스템을 넣었다. 그리고 반드시 자기 사진을 메인 사진으로 걸어놔야 했다. 선글라스, 안경도 안 되고 스노우 어플이 들어간 사진도 불가능했다. 반드시 증명사진처럼 또렷하게 나와야 했다. 그것도 무수정본으로! 그렇게 하지 않으면 게시판 이용에 반드시 제한을 걸어놓았다. 고급진 정보는 무료지만 반드시 인증을 거쳐야 살펴볼 수 있기에 거의 대부분의 유저가 본인 인증을 거친 상태였다.

그 팀 외에도 속속들이 실력자로 이루어진 팀이 형성이 됐다. 그리고 문제점이 제기됐는데, 러시아까지 이동이 불가능하다는 점이었다. 현재 러시아로 이동하는 모든 항공, 바다 운송 수단이 막혀 있는 상태였다.

무정부 상태보다 훨씬 무서운 몬스터 소환 중인 러시아니 당연한 조치였다. 그러자 슬그머니 불법적인 수단을 찾기 시작했다.

석영은 그런 글을 보며 여기로 올 때가 떠올랐다.

'잠수함이라니… 지금 생각해도 신기하네.'

근데 그런 운송 수단이 흔히 있을 리가 없었다. 지금 그걸 저 흑인에게 알려주면 어떨까? 내륙으로 들어가는 대신 잠수함을 몰고 다시 한국으로 가지 않을까?

피식. 그런 쓸데없는 생각에 실소를 짓는데 삑! 장세미가 호출용 신호를 주고는 부대원들을 불러 모았다.

그 자리에서 바로 세 개의 조가 나눠졌다.

석영은 선발대였다. 어쩔 수 없었다. 가장 강력한 화력을 보유했기 때문에 길을 뚫는 역할을 맡았기 때문이다.

석영은 이런 결정에 대해 불만은 없었다. 지금 상황에서 전력 보존은 그야말로 최대 명제였기 때문이다. 석영이 속한 A조는 당연히 한지원이 조장이었다. 그리고 부조장으로 나창미가 따라붙었다. 그리고 잠수함을 동원하는 능력을 보였던 라쿤 상회도 A조에 탑승했다.

원래는 장세미와 이동하는 게 좋지만 이유는 간단했다. 먼저 보고 그들만의 전략을 짜기 위해서였다. 어차피 합류할 거라 장세미는 쿨하게 동의했다.

조가 나눠지자 이동 준비는 순식간에 끝났다. 하지만 바로 출발하진 않았다. 해가 뉘엿뉘엿 지고 있는 상황이었기 때문이다.

다음 날 아침, 아침을 먹자마자 바로 A조가 출발했다. 오프로드 지프 차량에 탑승해 달리고 쉬고, 달리고 쉬고를 반복하다 보니 반나절이 훌쩍 지나갔다. 그러다가 첫 번째 오벨리스크의 중간 지점쯤에 도착했을 때였다.

삐익, 삐익.

석영의 귀로 마법으로 울린 신호가 왔다. 그리고 한지원이 타고 있는 가장 앞 차량에 검은 기가 내걸렸다.

정지 신호였다.

또한 마법 통신기로 울린 두 번의 신호는 전방에 이상 있음을 알리는 신호였다. 차에서 내린 석영에게 한지원이 다가왔다.

"무슨 일입니까?"

"아무래도 개미들이 있는 것 같아서요. 저도 그렇게 느꼈고, 저랑 같이 탄 그 살벌한 친구도 느꼈고요."

"음……."

석영은 저 멀리 언덕 위를 바라봤다. 언덕이 끝나면 다시 내리막길이 시작된다. 몬스터가 있다면 아마도 그쪽일 것이다. 통신이 안 되니 일단 정찰을 하고 움직이는 게 최선의 시나리오였다. 그리고 만약 이쪽으로 공격해 오면 바리케이드도 필요했다. 준비할 시간이 있어야 하니 여기서 멈춘 건 최고의 선택이었다.

창미가 대원 넷을 데리고 바로 정찰을 떠났다. 남은 대원들은 수송 트럭에서 부비트랩을 꺼내기 시작했다. 하지만 석영은 그걸 보면서도 마음이 편치 않았다. 일단, 사방이 너무 확 트였다. 포위당하면 진짜 답이 없는 결과가 나올 것이다.

"차라리 빠지는 게 낫지 않겠습니까?"

"왜요?"

"백 단위 이상이면 처리하는 데 오래 걸리기도 하고, 피해가 있을 수도 있을 것 같은데요."

"후후, 너무 우리를 물로 보는 거 아니에요?"

한지원의 대답에 석영은 눈을 가늘게 좁혔다. 그녀의 대답은 자신감의 발로였지만, 석영은 비효율적인 전투를 하고 싶은 생각이 없었다.

한지원은 그런 석영의 표정을 보곤 여전한 미소를 지은 채 말을 이었다.

"저 두 친구도 있고, 석영 씨도 있고, 아영이도 있어요. 창미언니도 있고요. 그럼 나머지 애들은요? 쟤들이 저래 보여도 머릿수나 채우려고 데리고 온 들러리들은 아니거든요. 쟤들 전부 한 총질, 한 칼질 하는 애들이에요. 그 지독한 전쟁터에서 수많은 작전을 클리어하고 전역한 애들이니까요. 그런 애들이 강화된 총과 탄, 칼을 가졌어요. 그리고 이미 일차, 이차 때도 단 한 명의 피해도 없이 작전을 마무리 지었고요. 석영 씨, 걱정은 알겠는데, 석영 씨한테 전부 맡길 생각은 존심 상해서라도 안 해요."

한지원의 말이 사실이어서 석영은 대답을 안 했다. 대신 고개만 끄덕였다. 이렇게 자신만만하니 헛말은 아닐 거라는 생각이 뒤이어 들었다.

"걱정 마, 오빠. 오빠한테 오는 놈들 내가 다 대가리를 날려 줄 테니까, 히히."

아영이의 달콤살벌한 미소가 이어지자 석영은 피식, 웃음을 흘렸다.

'그래. 내가 지금 누굴 걱정하냐······.'

여기 모여 있는 사람들이 비록 생물학적으로는 여성이 대다수지만, 아마 세상에서 가장 무서운 여자들일 게 분명한데 말이다.

석영은 머리를 흔들어 잡념을 털어내고, 주변을 살폈다.

높은 고지대가 좋다. 하지만 마땅한 곳이 없어 트럭 위로 올라갔다. 그리고 인벤토리에서 예전에 프란 왕국 내전 때 치안대원 슈론에게 받은 고성능 마법 안경을 꺼내 썼다. 몇 번 눈을 껌뻑이고 정신을 집중하기 무섭게 나창미가 달려가고 있는 모습이 훅 당겨졌다.

'참 신기하단 말이야……'

휘드리아젤 대륙의 마법 물품은 정말 여러모로 신기한 게 많았다. 귀에 꽂고 있는 통신기뿐만이 아닌 영구적인 라이트 마법이 담겨 있는 전구라든가, 전기가 아닌 동력원으로 반영구 냉장고 같은 것만 봐도 참 신기하다.

이 안경도 마찬가지였다.

어떤 원리인지는 모른다. 마법이니까.

하지만 편리성은 정말 장난 아니었다.

지구의 망원경 같은 기능이 아니라, 의식 자체가 기능을 구체화시킨다. 즉, 정신의 집중으로 줌업, 다운을 시킬 수 있다는 뜻이었다. 그래서 엄청 편리했다.

멈칫.

"어?"

"왜, 오빠?"

석영이 갑자기 멈추는 나창미를 보며 탄성을 흘리자 같이 올라온 아영이 왜 그러냐고 물어왔다. 석영은 손가락을 들어 올려 조용히 하라는 신호를 보내고, 언덕 위쪽을 집중했다.

그제야 느껴졌다. 등골을 털 부채로 살살 간질이는 것 같은 감각, 그리고 뒤이어 올라오는 짜릿한 광기와 살기. 몬스터 특유의 기세가 언덕 너머서부터 느껴졌다.

나창미가 곧바로 뒤돌아 달리기 시작했다. 석영은 바로 활을 꺼내, 시위에 손을 걸었다.

의식의 집중이 시작됐다.

익스플로젼.

평소보다 훨씬 두껍고, 긴 무형 화살 하나가 마치 마법처럼 시위에 걸렸다.

호오.

아래쪽에서 누군가가 탄성을 흘렸지만 석영은 그쪽으론 고개도 돌리지 않았다. 한지원의 전투 준비 명령이 떨어지는 소리가 들림과 동시에 석영은 시위를 놨다.

투웅!

슈가가가각!

하늘 높이 쏘아진 화살이 무시무시한 속도로 올라가, 수직으로 꺾이기 시작했다.

"오오, 신기한데?"

라쿤 상회의 그 위험한 여자는 먼 곳을 내다보는 것처럼 허리를 숙이고, 손으로 그늘을 만들면서 그렇게 중얼거렸다. 어떤 상황인지는 아는 걸까? 아니면 모르는 걸까? 그녀는 지나치게 태연했다.

석영의 안경에 몇 마리가 언덕 위에 모습을 드러내는 게 보였다. 그리고 화살이 그 자리에 꽂혔다.

콰앙……!

파가가가가각!

거대한 폭발음과 동시에 어둠이 갈가리 찢겨지면서 사방으로 비산했다. 동시에 개미들의 다리가 같이 비산했다. 기분 나쁜 색의 체액도 같이 떠올랐다.

석영은 다시 한 발을 걸었다. 좀 전과 똑같이 익스플로젼 의지가 담긴 화살이었다.

석영은 망설임이 없었다.

투웅!

슈가가가가각!

바람이 거칠게 찢겨 나가는 소리, 그리고 수 초가 지나기도 전에 쾅! 하는 폭발음. 그다음은 비산하는 어둠과 찢겨 나간 다리, 몸통이 풍압에 떠밀려 같이 떠올랐다.

띵.

띵.

시스템 메시지가 들리고 있지만 석영은 그걸 신경 쓸 겨를이 없었다. 아직 수를 파악하기 전이지만 일단 최대한 예봉을 꺾어놔야 했다. 그게 석영의 A조에 소속된 이유였다. 그 맡은 바 임무에 충실하기로 했다.

석영은 연달아 세 방을 더 갈겼다. 떵떵거리면서 시스템이
아이템을 습득했다는 메시지를 보내왔다.

머리가 살짝 지끈거릴 때쯤, 석영은 시위를 내렸다.

석영의 익스플로전 저격으로 예봉이 꺾여 나창미는 무사히
대원들과 함께 본대와 합류했다.

"후아, 썅. 뒤지는 줄 알았네!"

숨을 몰아쉬며 욕설을 내뱉는 나창미의 얼굴에는 기이하게
도 희열의 미소가 걸려 있었다. '음마, 무서워……' 하고 아영이
다시 석영의 등 뒤로 숨었지만 아무도 그런 아영이에게 관심
을 주진 않았다.

"전원! 자리로!"

한지원의 지시에 22명의 대원이 자리를 잡고, 소총을 꺼냈
다. 모두 스코프가 달린 돌격 소총이었다. 하지만 그냥 총은
아닐 것이다. 어디서 조달했는지는 비밀일 게 분명한 주문서
를 최대한 바른 소총과 탄은 그녀들의 손에 들리는 순간 대
몬스터 사냥 전용 병기로 변해 버렸다.

하지만 아직 사격은 없었다.

"써니? 슬슬 밥값, 기름값 좀 할까?"

"그럴까요? 후후."

나서는 건 석영이 진짜 위험한 느낌을 받은 라쿤 상회의 두
사람이었다. 한지원과 비슷하면서도 다른 기세를 풍기는 두

여인이 나서자 한지원은 피식 웃고는 다시 지시를 내렸다. 지시는 저격이 아닌 엄호였다.

석영도 일단 시위에 손을 건 채 지켜봤다.

한지원은 지휘관으로서의 능력도 출중했다. 장세미만큼은 아니지만 대를 이끄는 능력은 예전에 미국에서 충분히 확인했다. 그런 지휘관이 설마 불구덩이 속으로 뛰어드는 동료를 가만히 내버려 둘까?

'절대 그럴 리 없지.'

그러니 석영은 크게 걱정이 없었다.

그리고 나선 두 사람도 자신이 있으니 나서지 않았을까? 대놓고 예봉을 꺾어버린 석영처럼 말이다.

"또 시작이군. 저 지랄 맞은 건 맨 같으니."

"내버려 둬, 더글라스. 차라리 스트레스를 풀 게 해주는 게 좋아. 써니도 지금 정신 줄 간당간당하고."

"어쩌다 미친 여자 둘을 받아서는… 아니지, 셋이군."

"하나는 난가?"

"설마 네가 정상이라고 생각하는 건 아니겠지? 라크."

"후후."

라쿤 상회의 더글라스와 라크의 대화에 석영은 역시, 이 사람들은 다들 어딘가 하나 고장 난 사람들이 아닌가, 하는 생각이 들었다. 몬스터는 많았다. 육안으로 파악해 보면 적어도 50마리 이상인데도 두 사람은 그냥 뚜벅뚜벅 전장이 될 곳을 향해 걸어 나갔다. 그 모습이 참 뭐라고 해야 할까… 신비하면서도 비릿한 느낌을 받게 했다. 재킷에 핫팬츠, 그리고 군화. 써니라고 불린 여성의 옷차림도 비슷했다.

"헐… 권총?"

아영은 두 사람이 이윽고 허리에서 꺼낸 무기를 보고 놀란 신음을 흘렸다. 그리고 그건 석영도 마찬가지였다. 놀라서 저도 모르게 활을 내렸을 정도였다.

잠시 총을 점검하나 싶더니 헤드셋을 꺼내 뒤집어쓰고, 철 지난 워크맨에 연결한 다음 뒷주머니에 찔러 넣었다. 그러곤 고개를 끄덕이며 리듬을 탔다. 두 사람이 그렇게 똑같았다.

철컥, 철컥.

슬라이드 당겨지는 소리가 그렇게 크게 느껴질 수가 없었다.

끼기기기기긱!

개미들은 매우 빠른 속도로 두 사람에게 달려왔다. 그래서 몇백 미터나 되던 거리가 순식간에 좁혀져 백 미터 안으로 들어왔다. 그러자 한지원이 손을 들었다가 슥 내렸다.

쾅!

콰앙!

대원들이 미리 설치해 놓은 부비트랩들이 터지면서 흙과 먼지를 사방으로 비산시켰다. 깨진 돌멩이가 석영이 있는 곳까지 날아왔다. 하지만 그 폭발 속에서도 두 여인은 그 자리에 멈춰 섰을 뿐, 조금의 움츠림도 없었다.

"우와… 저 언니들 포스 개쩔."

아영이 날아오는 돌과 자갈을 방패로 후려치며 한 말에 석영은 반사적으로 고개를 끄덕였다. 뭐랄까… 한지원과는 진짜 비슷한데, 확실히 다른 느낌이었다. 영화로 따졌을 때 한지원이 첩보 액션 드라마라면, 저 두 사람은 느와르였다. 그것도 칙칙하고 우중충한 잿빛 하늘 아래서 펼쳐지는 피비린내 가득 나는 느와르 말이다.

먼지를 뚫고 개미들이 기괴한 괴성을 내며 두 사람에게 달려들었다. 그리고 그때, 바람결에 실려 스산한 목소리가 들려왔다.

"It's Show time."

그 소리를 듣는 순간, 석영은 소름이 돋았다.

느와르.

서부극.

모두 건 액션이 주가 되는 장르다.

석영은 그 장르의 진정한 끝판왕을 지금 목격하고 있었다.

타앙!

푸확!

정확하게 꽂은 한 발이 개미의 목 아래 이음새를 뚫고, 쏙 사라졌다. 키엑, 하고 소리도 내지 못한 개미가 거대한 동체를 멈추고는 천천히 바닥에 엎어졌다.

슈악!

낫처럼 날카로운 갈퀴가 레비, 투 핸드의 목을 노리고 사정없이 떨어졌다. 그 궤적은 개미가 보여주기에는 지나치게 예술적이었다. 아름다운 라인. 석영이 막 그 생각을 했을 때쯤 마치 유령처럼 스르륵 투 핸드가 물러났다.

타앙!

타앙!

소음기가 달리지 않은 총구에서 불꽃과 매캐한 화연을 토해내며 탄을 발사했다. 두 발이 정확하게 개미의 양 눈을 뚫고 들어갔다.

끼에엑! 괴성과 함께 철퍽 쓰러지는 순간 씨익, 어금니가 보일 정도로 기괴한 미소를 지은 투 핸드가 사방으로 권총을 난사했다. 그걸 보면서 석영은 딱 이런 생각을 했다.

'무슨… 게임이야?'

난사와 동시에 비명이 마치 튀는 피처럼 튀어나왔다. 한 발도 빗나간 게 없이 전부 개미의 급소에 맞았기 때문이다.

"음마……."

지켜보고 있던 아영이 멍한 표정으로 탄성을 흘렸다. 석영도 물론 고개를 끄덕였다. 투 핸드의 움직임은, 무브먼트가 진짜 끝내줬다. 화려하게 보이는 동작 속에서도 확실한 사격 각을 잡았고, 단 한 발의 헛방도 허용하지 않았다.

한지원의 무브먼트가 소름 돋게 깔끔한 '맛'이 있다면, 투 핸드의 무브먼트는 보는 눈이 즐거울 정도로 '멋'이 있었다. 각이 살아 있는 모든 동작, 굉장히 유동적인 연계를 보면 마치 액션 영화를 보는 것 같은 착각을 불러일으킬 정도였다. 하지만 영화가 아니었다. 지극히 현실적이었다.

그 증거로 괴성을 내지르며 바닥에 픽픽 쓰러지는 개미들이 있었으니까.

투 핸드가 그런가 하면 한 여인은 완전히 달랐다.

써니, 투 에스.

이 여인의 무브먼트는 투 핸드와는 완전히 상반됐다. 오히려 한지원과 비슷했다. 한지원도 최대한 적은 움직임으로 최선의 궤적을 찾는다. 이 여인은 심플 이즈 베스트가 뭔지 아주 제대로 보여줬다.

살살 춤을 추는 것처럼 움직이면서 개미들의 모든 공격을 거의 제자리에서 피하며 사격을 가했다.

총기는 살벌했다.

원래 썼던 건지, 아니면 새로 한 건지는 모르겠지만 총기 마니아라면 한 정쯤 소장하길 원하는 데저트 이글(Desert Eagle)이었다. 가히 악마적인 살상력을 가졌지만, 반동 때문에 사용하기

극히 까다롭다는 데저트 이글을 저 160도 안 넘는 단신의 여인이 마치 장난감처럼 다루며 개미들을 무자비하게 학살하고 있었다.

"맙소사. 진짜 맙소사다……. 오빠, 나 저 언니들한테는 못 까불겠다……."

아영의 독백에 석영은 고개를 절레절레 저었다.

한지원이나 나창미, 그리고 장세미를 포함해 이 전간대대라는 부대는 솔직히 너무나 비현실적이었다. 만약 직접 만나지 않고 이런 부대가 있다, 이런 사람들이 있다고 방송으로 밝혀도 아마 믿지 않을 사람들이 대부분일 것이다.

'그런데 눈앞에 있잖아.'

그만큼 이 시대에서는 말도 안 되는 부대이기 때문이다. 그런데 안 믿을 수가 없었다. 당장 눈앞에 있으니 어찌 안 믿겠는가. 그런데 그런 전간대대만큼이나 비현실적인 인물들이 또 나타났다.

느낌, 기세로만으로도 거부감을 일으켰던 두 사람이 총기를 손에 쥐니 이건 뭐, 몬스터가 오히려 불쌍할 지경이었다.

눈보라가 아닌, 진녹색 피 보라가 불었다.

탕! 타앙!

총성은 끝없이 터져 나왔고, 그에 비례해 몬스터의 비명도 똑같이 터져 나왔다. 살벌하다 못해 어처구니없을 정도의 살상 능력에 석영은 그냥 활을 내려놨다.

지원? 저런 능력을 보유한 두 사람에게 위험한 일이 닥친다는 건 솔직히 상상조차 안 됐다. 아영은 아예 방패를 깔고 앉아 관람 모드에 들어갔다. 둘러보니 A조의 대원들도 마찬가지였다. 총구를 겨누고는 있지만 어딘지 긴장감은 없는 모습들이었다.

전투가 거의 끝나갔다. 마지막 한 마리를 둘이 같이 총을 겨눠, 대가리를 날려 버리곤 후우, 화연을 불면서 투 핸드와 투 에스는 전투를 마무리했다.

이어 워크맨을 끄고 기지개를 켜듯 스트레칭을 하며 복귀하는 두 사람. 그런 둘을 보며 라쿤 상회의 남자 삼인방이 입을 열었다.

"확실히 강화 철갑탄의 위력이 끝내주긴 해."

"후후, 돈 많이 들었지. 그래도 저 정도면 충분히 고성능을 보여주니까 투자 대비 가치는 증명이 됐지?"

"그래. 돈은 더럽게 많이 들어갔지만 이걸로 안전은 확실히 확보가 됐군."

더글라스의 어딘가 씁쓸한 말에 라크가 그의 어깨를 툭툭 두들겨 주곤 담배를 입에 물고 불을 붙였다.

치익.

비릿한 몬스터의 체액 냄새가 바람결에 실려 왔다. 석영도 활을 넣고, 담배를 꺼내 입에 물었다.

치익.

"후우……."

담배 냄새에 비릿한 냄새가 조금 묻히자 긴장감이 조금씩 풀리는 것 같았다. 두 사람은 복귀했다.

그런데 그중 투 핸드가 석영에게 다가왔다.

"형씨, 어땠어?"

"음……."

그 질문에 석영은 잠시 침음을 흘렸다. 질문의 의도를 파악 못 한 건 아니었다. 단지 마땅한 대답이 바로 떠오르지 않았을 뿐이었다. 그러나 곧 마땅한 답이 떠올랐다.

"인상적이었습니다."

"큭… 고맙네. 형씨도 인상적이었어."

자, 씻으러 가자, 썬!

돌아선 투 핸드가 사라지고, 석영은 담배를 마저 피우고 땅으로 내려왔다. 대원 몇이 나가 확인 사살과 사체를 수습했다.

"고생했어요."

한지원이 다가와 건넨 인사를 석영은 가볍게 받았다. 한지원은 이런 권위적인 모습이 참 좋았다. 부대를 이끌고 있음에도 그는 강압적이지 않았다. 부대원들에게는 명령과 지시를 내리지만 용병이라 할 수 있는 석영에겐 항상 의견을 구했다. 이런 모습 때문에 석영은 그녀가 참 신뢰가 갔다.

"여기 수습하고, 슬슬 날 저무는 것 같으니까 조금만 더 이동해서 베이스캠프 설치하고 쉬도록 해요."

"네."

이들의 움직임은 빨랐다.

착착 사체를 수습하고, 터지지 않은 부비트랩도 수거하고, 바로 장비를 트럭에 실었다. 그리고 출발.

한 시간을 더 이동한 후에야 딱 좋은 장소를 찾고는 정차하고, 베이스캠프를 설치했다. 뚝딱뚝딱, 마치 영상을 몇 배 속으로 틀어놓은 것처럼 순식간에 캠프를 설치하고, 휴식에 들어갔다.

석영도 캠프를 설치하고, 저녁을 준비했다.

저녁이라고 해봐야 맛대가리 더럽게 없는 전투식량으로 해결할 생각이라 준비할 것도 별로 없었다. 하지만 달랑 전투식량 하나로는 아쉬우니 오늘도 라면을 하나 끓여놓고 아쉬운 대로 저녁을 해결하곤 오늘 전투 중에 얻은 전리품을 간이 테이블 위에 올렸다.

사체는 전투 전간대대에서 챙겼고, 석영에게 들어온 것은 전부 아이템 종류였다. 총 여섯 개. 주문서가 세 장, 그리고 보석 하나와 투구 두 개였다.

"음......."

석영의 관심이 가는 건 투구였다.

은색 바탕에 면갑 형태, 그리고 불그스름하고, 다른 하나는 푸르스름한 줄무늬가 여러 줄 가 있는 형태를 보면서 석영은 라니아에 존재하는 투구를 떠올렸다.

"설마… 신투랑 힘투인가?"

신속의 투구와 힘의 투구.

푸른 줄무늬 투구는 신속 마법, 헤이스트와 스텟 민첩을 올려주는 마법을 사용할 수 있게 해주는 아이템이고, 붉은 줄무늬가 간 투구는 스트렝스와 무기 타격치를 올려주는 인첸트 웨폰을 사용할 수 있는 아이템이었다.

사실 6단계까지 마법을 배울 수 있는 궁수 캐릭터에는 그다지 필요 없는 아이템이지만 전사 캐릭터에게는 마법 스크롤이 등장하기 전인 게임 초중반까지 필수 아이템으로 자리 잡기도 했던 템이다.

고로 이 아이템이 지금 떨어진 건 확실히 나이스한 상황이란 소리였다.

"즉, 득템이란 소리지."

하지만 또 완벽한 득템은 아니었다.

게임 속 아이템 설정과는 다르게, 살펴보니 회수 제한이 존재했다. 각각의 마법은 총 30번 사용할 수 있고, 다 사용하고 나면 충전 불가, 폐기 수순을 밟아야 했다. 하지만 석영은 이 30번이 엄청난 도움이 될 거란 걸 알고 있었다.

남들이 근력 10일 때, 자신은 근력 15를 가진 상태로 만들어주니 말이다.

'요지경 세상이 되더니 아이템도 지랄 맞아졌군.'

그래도 없는 것보단 나으니 석영은 아이템을 챙겨 한지원을 찾아갔다. 나창미와 함께 막 전투식량을 먹고 있던 그녀가 석영이 오니 반갑게 맞이해 줬다.

"조금 이따가 올까요?"

"아니요, 거의 다 먹었어요. 삼 분만 기다려 줄래요?"

"네."

한지원은 석영이 고개를 끄덕이며 대답하자 그녀는 전투식량에 코를 박다시피 하고는 밥을 흡입하고 물을 마시는 걸로 식사를 끝냈다.

"좀 있다가 올걸. 미안합니다."

"별게 다 미안하네요? 그보다 어쩐 일로 숙녀들의 숙소에 방문을?"

"아이템 때문에요."

석영은 한지원의 짓궂은 농담을 가볍게 받아내곤 한쪽에 오늘 보상을 꺼내 올렸다. 석영이 아이템을 꺼내 올리자 한지원은 물론 나창미까지 눈을 빤짝이곤 전투식량을 든 채로 다가왔다.

"이건 주문서, 이건 보석이네요. 재료인가? 그리고 이건…
신투랑 힘투 맞나요?"

"그럴 겁니다. 아이템 설명에도 그렇게 나오니까요."

"오… 대박."

나창미가 입안에 있는 걸 삼키지도 않은 채 우물거리며 중
얼거렸고, 한지원도 홍미가 도는지 투구를 들고 이리저리 살
펴보기 시작했다. 그녀가 투구를 내려놓자 석영은 기다렸다
는 듯이 말했다.

"다른 건 몰라도 신투는 제가 쓰고 싶습니다."

"신투요? 음, 이게 민첩 업이랑 헤이스트가 걸려 있던가요?"

"네. 헤이스트 마법이야 어차피 물약으로 커버가 되지만, 민
첩 업은 저한테 좀 필요합니다."

"스나이퍼니까 아무래도 그렇겠죠? 그러세요. 이 정도 분배
야 어차피 저한테도 권한이 있으니까요. 언니, 괜찮지?"

"응응, 든든한 저격수 씨께서 가지고 싶다는데 당근 드려야
지. 야야, 말 바꾸기 전에 빨리 줘버려. 이거 가지고 저희 좀
잘 지켜주세요. 굽신굽신."

나창미까지 장난스럽게 고개를 끄덕이며 허락하자 석영은
푸른 투구를 집어 들었다. 볼일은 끝났으니 더 있을 이유가
없었다.

"뭘 그리 급해요? 온 김에 얘기나 하고 가요."

한지원의 말에 석영은 어쩔까 하다가, 그녀가 재차 손짓하자 적당한 곳에 엉덩이를 붙였다. 석영이 앉자 기다렸다는 듯이 나창미가 졸려 보이는 눈빛으로 말했다.

"석영 씨? 궁금한 게 있어요."

"네, 하세요."

한지원이 가져다 준 커피를 받으며 나창미의 말에 대답하자, 그녀는 아주 의외의 질문을 던졌다.

"당신의 히스토리가 듣고 싶어요."

"네?"

"히스토리. 역사라고도 하죠? 그러니까 당신의 개인적인 역사가 듣고 싶다는 소리예요."

"그걸 왜요?"

"보통의 인간이라면 지금 당신의 눈빛은 말이 안 되니까요."

"눈빛?"

석영은 이해를 못 했다.

하지만 나창미가 품에서 거울을 꺼내 휙 던졌고, 그걸 받아 저도 모르게 자신의 얼굴을 본 석영은 흠칫 놀랐다가, 이어서 굳고 말았다. 놀란 석영에게 나창미의 나른한 목소리가 재차 들어왔다.

"인간의 눈동자엔 그런 빛은 머물러 있지 않아요."

위잉.

위잉.

마치 이명처럼 그녀의 목소리가 귓속으로 들어왔지만 석영
은 자신의 눈동자만 빤히 바라볼 뿐 대답하지 못했다.

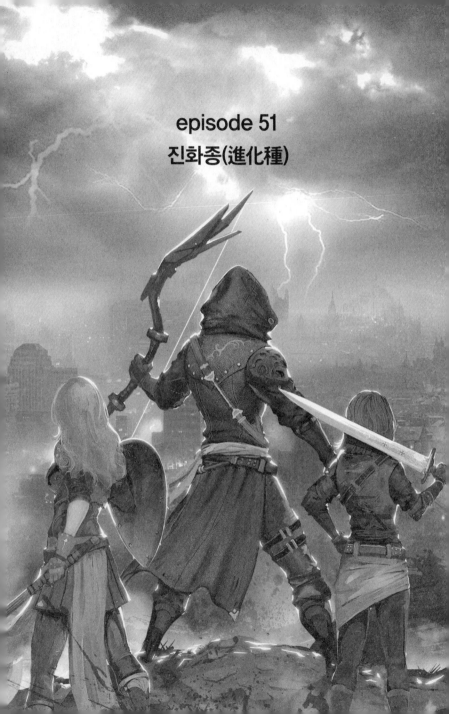

episode 51
진화종(進化種)

아지랑이.

은은한 빛을 띠는 아지랑이가 눈동자 속에서 마치 미생물처럼 꿈틀거리고 있었다. 그건 석영이 보기에도 신기하다 못해 기이한 광경이었다. 석영은 놀랐다. 가슴이 콩닥콩닥 뛸 정도로.

'이건 누가 봐도……'

인간이… 아닌데?

순간적으로 그런 생각이 들어버렸을 정도였다. 나창미는 좀 전에 그랬다. 인간의 눈동자에 이런 빛은 감돌 수 없다고.

석영도 당연히 인정했다. 무슨 불빛을 받아 번쩍이는 정도였으면 이해할 수 있으나, 이건 누가 봐도 눈동자 안에서 움직이고 있다고 자신 있게 말할 수 있는 레벨이었다.

그러니 석영이 당황하는 것도 무리는 아니었다.

"몰랐죠?"

"네, 거울을 굳이 본 적이 없어서."

특이 이곳 러시아에 와서는 더더욱 본 적이 없었다. 뭐, 아영이야 피부 관리 한다며 자주 보겠지만 석영은 아니었다. 그래서 처음 알았다.

"하, 하하……."

다시 거울을 들여다 본 석영은 헛웃음을 흘렸다.

실지렁이? 그래, 마치 실지렁이 같았다. 그런데 또 잠시 뒤에는 아니었다. 붉은색에 검은색이 스며들더니, 마치 먹어치우는 것처럼 완전히 검은색 아지랑이처럼 변해 버렸다.

"이게 뭐냐……."

어이가 없다 못해 허탈할 지경이었다.

"전 가끔 봤어요."

"네?"

한지원의 말에 석영의 고개가 정말 휙 소리가 나도록 돌아갔다. 봤다고? 언제?

"미국에서도 가끔, 아주 가끔 그랬어요.

"진짭니까?"

"네, 힘을 많이 쓰고 나면 가끔 그렇게 눈빛에 이상한 게 머물렀어요. 좀 멀리서 봐서 제가 잘못 본 건가 싶었는데, 지금 석영 씨 보니까 확실하네요."

그 말에 석영은 그냥 입을 꾹 다물어 버렸다.

"우리 석영 씬 정체가 뭘까요? 후후, 궁금하네……."

"언니, 그만해. 석영 씨도 지금 혼란스러운 것 같은데."

한지원이 만류했지만, 나창미는 커피 대신 맥주를 마시면서 시니컬하게 다시 입을 열었다.

"왜? 딱 봐도 사람 같지 않잖아, 그 사람처럼."

사아악.

텐트 안의 온기가 싹 죽어 나가는 것 같았다. 분명 훈훈한 온도임에도 석영은 그렇게 느꼈다. 그리고 머릿속에 종이 지잉! 하고 울었다. 요즘 들어 발달한 경고였다.

석영은 신호를 무시하지 않았다. 재빨리 자리에서 일어나 몇 걸음 물러나는 석영. 어느새 그의 손엔 활이 쥐어져 있었다.

이 모든 상황을 연출한 것은 한지원이었다.

평소의 표정은 온데간데없이 사라졌고, 그 자리를 대신하고 있는 건 아까 낮에 위험천만한 미소를 짓던 투 핸드의 미소였다. 아니, 그것보다 훨씬 차가웠다. 그런 한지원의 변화에 나창미도 순간 흠칫하더니, 얼른 맥주를 내려놓고 손사래를 쳤다.

"아, 아하하… 미안, 쏘리! 언니가 잠깐 정신 줄 놨다! 응? 지원아, 언니가 잘못했어. 내가 잠깐 미쳤었나 봐, 아하하!"

"언니."

"응! 응! 미안! 죽을죄를 지었어!"

"경고야. 한 번만 내 앞에서 그 얘길 꺼내면… 그땐 각오해. 내가 하극상이 뭔지 제대로 보여줄게."

"알았어! 진짜! 진짜 절대 안 할게!"

사르르.

종을 치게 만들었던 기세가 순식간에 사라졌다. 석영은 정말 깜짝 놀랐다. 맹수의 등장, 그것도 왕의 출현했을 때 이런 기세가 느껴질까? 자신의 눈동자에 대한 의문은 잠시 동안이지만 아주 씻은 듯이 사라졌다.

"미안해요. 못 보일 꼴을 보였네요."

"아닙니다."

"가서 쉬세요. 그 눈동자도 너무 신경 쓰지 말고요."

"네."

석영은 그렇게 텐트를 나와 자신의 숙소로 돌아왔다. 돌아오는 동안에도 심장이 쿵쾅쿵쾅거렸다. 아직 진정이 되질 않은 것이다. 그만큼 한지원 돌변한 기세는 파괴적이었고 살벌했다. 역시 석영은 자신이 느꼈던 게 맞았다는 걸 다시 한번 깨달았다.

인류 최종 병기=한지원.

한지원=인류 최종 병기.

이 공식이 진짜 딱이었다.

그리고 그런 여자와 동료가 된 게 정말 다행이란 생각도 들었다. 또한 되도록이면 아까 일을 교훈 삼아 절대 그녀를 자극하지 말자고 다짐했다.

그렇게 다짐하고 나자 잠시 묻혔던 눈동자가 다시 수면 위로 급부상했다. 가방을 뒤져 거울을 꺼냈다. 빼꼼 들여다보니 아직도 실지렁이가 같은 빛 덩어리가 머물고 있었다.

"넌 진짜… 뭐냐?"

대체 이런 게 왜 생겼을까?

석영은 고민해 봤지만, 아무리 생각해 봐도 이런 게 왜 생겼는지 알 수가 없었다. 그렇다고 미관상 이상한 것도 아니었다. 정말 자세히 들여다보지 않는 이상 거의 티도 안 난다. 즉, 눈썰미가 수준급 이상이어야 확인이 가능하단 소리다. 게다가 시력에도 문제는 없었다. 오히려 예전보다 훨씬 시력이 좋아진 느낌이었다. 원래는 좌우 1.0 정도였었는데, 지금은 2.0, 아니, 그 이상이 된 것 같았다.

'혹시……'

그렇게 되자 예전부터 의심하던 게 다시 쏘옥 위로 올라왔다. 사실 석영은 요즘 몇 가지 '자신'에 대해 의문이 있었다.

첫 번째는.

'동화.'

석영은 미국에서도, 그리고 여기서도 저격하면서 느꼈다, 자신이 어둠에 동화되었다는 것을. 육안으로 보여야 했지만 마치 밤안개처럼 어둠에 스며들었다. 이건 상상이 아닌 실제였다. 진짜로 그랬다.

그 감각은 순간적이었지만 분명 석영은 느꼈고, 저격하느라 실체를 스스로 확인하지 못했기 때문에 확신이 없었다. 그런데 지금 거울을 보고 있자니 그것 또한 확실했던 것이 아니었을까, 하는 생각이 들었다.

'아니, 확실하겠지.'

그것 하나뿐만이 아니었다.

석영은 트리플 샷은 물론, 익스플로젼 스킬 같은 건 익히지 않았다. 그런데도 될 것 같단 생각이 들었고, 집중해 보니까 진짜 됐다. 이게 뜻하는 건 결국 강하게 집중하면 뭐든 된다는 뜻인데 이건 솔직히 말도 안 되는 일이었다. 게임으로 따지면 버그 그 자체가 되는 것이다.

그러니 이쯤 되면 당연히 의심해야 한다.

'나의 존재에 대해서 말이지.'

안 하는 게 더 말이 안 되는 상황이 되어버린지라, 석영은 또 한숨이 흘러나왔다. 치익. 담배를 하나 꺼내 문 석영은 쓴

웃음을 지었다. 하여간 진짜, 이놈의 인생이 너무나 갑작스럽게 롤러코스터 같아졌다.

이상한 측면이야 예전부터 조금씩, 아주 조금씩 자각하고 있었다.

뭔가가 달라진 것 같다는 느낌을 처음 받은 건 당연히 미국에서였다. 휘드리아젤 대륙 나레스 협곡에서 죽을 고비를 한 번 넘기고 났더니 그 이전과 이후가 확실히 달라졌다. 그 선은 너무나 명확해서 스스로도 의문과 의심을 가졌다.

그래서 미국까지 가서 실험을 해봤고 결과는 역시나 변했다로 나왔다.

'후우.'

석영은 가방에서 노트북을 꺼냈다.

혹시 자신 같은 사람이 있는지 찾아보기 위해서였다.

오벨리스크의 영향력 안으로 들어가 인터넷을 포함한 모든 통신이 먹통이 됐지만, 석영은 라니아 홈페이지 게시판의 모든 게시물을 백업해 놨다.

라니아사의 대처는 정말 빨랐다. 이들은 미국에서 통신이 먹통된다는 얘기를 듣고, 그 안에서도 자료를 열람할 수 있게 백업 자료를 시간당 실시간으로 교체해서 아예 자료실에 올려 놨다. 옛날 자료까지 합치면 그 양이 어마어마하지만 요즘 기술력으로는 외장 하드 하나면 그 안에 모든 자료를 담을 수 있었다. 석영도 그래서 5TB 외장 하드에 아예 분류별로, 댓글까지 싸그리 담아왔다.

외장 하드를 연결하고 따로 검색 프로그램을 실행한 석영은 잠시 생각에 잠겼다.

"키워드를 어떻게 넣어야 될까?"

석영은 노트를 꺼내 키워드를 하나씩 적어 넣기 시작했다.

능력, 스킬, 마법, 진화, 초인 등등.

근데 쓰면서도 사실 별로 기대는 하지 않았다. 하지만 그럼에도 하는 건 자연적으로 이런 스킬을 얻은 사람이 있는지 없는지 알면 마음이 편할 것 같았다. 인간이란 그렇다. 나만 다르면 그건 특별하거나, 특이하거나, 이런 식으로 분류되고 우상시되거나, 질시, 멸시하거나, 또 이렇게 나눠진다.

"나 혼자만 변한 거라면?"

씁…….

그건 어쩐지 씁쓸할 것 같았다.

혼자만 인간이 아닌, 또 다른 뭔가로 변해간다는 소리이기 때문이다. 일단 자연 스킬 이렇게 넣어서 검색을 해봤다.

아무것도 뜨지 않았다. 아니, 뜨긴 떴는데 석영이 원한 자연적으로 스킬을 얻은 글에 대한 게시 글은 뜨지 않았다. 능력도, 마법도 마찬가지였다. 게시 글은 많지만 전부가 질문이나, 가격이나, 이런 걸 묻는 글이었다.

초인에 대해서도 마찬가지였다.

휘드리아젤 대륙, 혹은 자신들이 있는 곳에 대한 질문이 전부였다. 후우, 석영은 한숨과 함께 진화, 마지막 키워드를 적어 넣었다.

진화.

드륵, 드륵.

휠을 내리면서 수백 개의 게시 글을 확인했다. 마지막 키워드라 그런지 기대 반, 체념 반으로 게시 글을 확인했다.

그리고 예상했던 대로 역시 없었다. 솔직히 석영은 지금 자신의 상태를 '진화'라고 생각하고 있었다. 그럼 자신 혼자만? 석영은 아닐 거라고 봤다. 만약 어떤 미지의 존재가 있고, 그 전재가 석영을 진화시켜 이 지구를 구하기 위해서 그런 거라면······.

'나 혼자 되겠냐, 이게?'

이 거지 같은 상황을?

석영은 고개를 저었다. 지금 지구의 상황은 절대 자신 혼자 해결할 수 있는 레벨이 아니었다. 이건 모든 힘을 똘똘 뭉쳐서 대항해야 그나마 가능성이 있을 것 같은 상황이다. 그러니 아직까지 자각들을 못 하는 유저들이 분명히 있을 것이다.

'어째서인지는 모르겠지만, 내가 가장 먼저 변하는 중이고.'

석영은 노트북을 덮었다.

결과는 없지만 대충 생각이 정리됐다.

스윽.

타천 활, 타락 천사의 활을 꺼내 테이블 위해 올려놓은 석영은 그 시꺼먼 자태를 조용히 바라봤다.

타락 천사, 루시퍼를 잡으면 나오는 재료로 만든 아이템. 신족이자 마족의 기운이 서려 있는 재앙의 활이다.

석영은 이게 모든 문제의 시작이라고 봤다.

게임이 아니다.

현실이 되어버렸다.

신의 기운이, 악마의 기운이 서린 아이템을 소지한 걸로도 모자라 사용했다. 그것도 무수히 많이 사용했다. 예전에 이런 의문을 한번 가진 적이 있었다.

신의 물건을, 악마의 물건을 인간이 만지는 건 괜찮은가? 인간이 사용하는 건 괜찮은 건가?

이런 의문이 생긴 이유는 자격 때문이었다. 엄연히 다른 종족이다. 솔직히 말하자면 신화, 종교, 전승되는 이야기 속에 나오는 인간과는 완전히 다른 존재다. 석영은 그게 계속 마음에 걸리기 시작했다.

다시 거울을 들어 눈동자를 살펴봤다.

"후우……."

한숨이 절로 나왔다.

색이 또 변했다.

붉은색, 검은색에 이어 이번엔 파란색이었다. 그런데 그 파란색 속에 아주 희미하게 반짝이는 은색빛이 숨어 있었다.

"지랄 맞네, 진짜……."

계속해서 변하는 빛을 보며 석영은 짜증이 났지만 그냥 피식 웃어버리고 말았다. 그러면서 하나 느낀 건 이건 고민한다고 해결될 문제가 아닌 것 같았다. 평소 석영의 지론이 답이 없는 문제를 고민하지 않는 것이다.

애써 머리를 굴려 피곤해져 봐야 괜히 자신만 손해였기 때문이다. 그래서 석영은 신경 쓰지 않기로 했다.

대체 뭐로 변하든 일단은 시간이 더 지나봐야 어차피 알수 있을 테니 말이다. 활을 집어넣은 석영은 담배 한 대를 더꺼내 물었다. 시간을 보니 슬슬 잘 시간이었다. 담배를 다 피운 후 숙소 안을 대충 정리한 석영은 침대에 누웠다. 눕자마자 졸음이 슬슬 몰려오더니, 갑자기 석영을 덮쳤다.

프랑스, 영국, 독일 등의 연합군이 전선에 합류하면서 많은 변화가 생겼다. 인해전술. 물량에는 장사가 없다는 말처럼 이들은 무지막지한 화력으로 전선을 고착시키는 데 성공했다. 밀어내진 못하고, 딱 고착까지만 시켰다. 더 이상 몬스터 군단이 전진하지 못하게 만든 것이다. 근데 그것만 해도 대단한 성과였다.

게다가 3차 소환에서 처음으로 군이 몬스터에게 승리한 날이기도 했다. 희망이 생겨났고, 속속들이 연합군이 러시아 곳곳으로 파병됐다. 그들의 전술은 하나였다. 몬스터의 위치를 파악한 뒤에 그냥 냅다 물량으로 밀어버리는 전술, 딱 이거 하나였다. 하지만 의외로 잘 먹혔다. 개미 오십을 만나면 오백 이상의 병력으로 화력을 집중했다. 미사일이고 뭐고 그냥 죄다 써버리면서 밀어버렸다.

하지만 이 전술은 처음에만 잘 먹혔다.

무기.

무기 수량이 점차 바닥이 나면서 사용하는 데 조심스러워졌고, 이 조심스러움은 결국 틈을 허용하고 말았다.

한 방만 더 갈기면 죽는데 그걸 못 하고 머뭇거리는 순간 그 무엇보다 날카로운 낫 같은 앞발이 병사들의 목을 벼처럼 수확해 갔다. 그렇게 한 명씩, 한 명씩 피해가 누적될수록 병력에 공백이 생겼고, 병력의 공백의 화망의 촘촘함에 구멍을 냈다. 몬스터는 많았다. 그러나 유저와 군인은 한정적이었다.

하지만 방법이 없었다.

국가가 보유한 금, 화폐는 한계가 있었다. 무기라도 빠르게 보급이 되면 좋지만 알다시피 오벨리스크는 통신 자체를 허락하지 않았다. 게다가 각각의 오벨리스크 앞에는 보스 몬스터가 지키고 있었고, 오벨리스크 자체에도 강력한 바리어가 쳐져 있었다. 이건 2차 미국 소환에서 이미 증명이 됐다.

거기다 문제가 있었다.

출처가 불분명한 곳을 통해 언론에 공개된 것이 있었으니, 바로 여왕개미의 존재였다. 수백 개의 알을 낳는 여왕개미의 존재는 유저들을, 군을 지치게 만들기 충분했다. 공포에 몰아넣기도 충분했다.

100을 죽여도, 어딘가에서 수만이 부화할 날만을 기다리고 있다?

이 사실 하나가 가져오는 여파는 어마무시하게 컸다. 게다가 여왕개미의 수도, 여왕개미의 위치도, 뭐 하나 제대로 파악된 게 없다는 사실은 절망적인 기분을 선사했다. 하지만 포기하지 않고 수많은 과학자와 전문가들이 당시 소환이 이루어지던 때를 분석에 나섰다. 조그마한 단서라도 서로 공유했고, 모르는 게 있으면 알려줬다. 재밌게도 폐쇄적인 성향이 있는 전문가들이 먼저 통합의 길을 걷기 시작했다.

이는 작은 변화였지만, 반대로 큰 변화이기도 했다.

고무적인 일은 더 있었다.

유저 팀이 꾸려졌다.

최초는 한국 정부였다. 한국 정부는 유저들이 팀을 이뤄 러시아로 이동하는 걸 막지 않았다. 오히려 수송과 장비, 식량 같은 부분은 지원까지 해줬다. 한국의 정의혈맹을 필두로 수십 개의 팀이 러시아로 날아갔다. 그들은 러시아 소치 인근에 내려 작전을 시작했다. 각국의 유저들도 움직였다.

3주. 러시아의 생존 전쟁은 변화를 맞았다.

물량 끝판왕이라는 중국의 전선 참가는 고착, 혹은 조금씩 밀리던 전선을 단숨에 밀어버렸다. 중국이 보유한 재래식 무기는 개미들에게 치명상을 입힐 순 없었지만 움직임 자체를 방해하는 데는 엄청나게 도움이 됐다.

전선은 드디어 조금씩 밀어내기 시작했다. 최초 5 대 5였던 전선이 밀리고 밀려서 3 대 7까지 갔다면, 이제는 다시 6 대 4까지 회복을 했다. 하지만 이 1을 회복하기 위해서 죽어 나간 군과 유저들의 수는 엄청났다.

기회의 땅이자, 지옥의 현신인 러시아에서 단 3주간 십만 이상의 사망자가 발생했다. 한 번 전투가 벌어지면 못해도 몇십씩 죽어 나간다. 근데 승리를 해도 그 정도는 죽는다. 패하면? 전멸이다. 수십, 수백, 수천 단위의 병력이 몰살당한 곳이 한두 곳이 아니었다. 그래서 피해가 엄청났다.

감히 집계조차 두려워질 만큼 말이다.

2차 세계대전, 단 6년 정도 벌어진 그 전쟁에서 나온 사망자가 2,700만 명 정도이다. 군만 그 정도이고, 민간인 희생까지 합치면 무려 5,000만 정도 된다. 그런데 러시아에서 이미 단 3주 만에 1/100 정도의 희생자가 나와 버렸다. 군, 오벨리스크가 박힌 곳에서, 죽어 나간 러시아 시민들까지 합치면, 어쩌면 백만은 거뜬히 넘을지도 모른다는 설까지 나돌았다. 아니, 추측이었고 그 추측은 굉장히 신빙성이 높았다. 러시아 인구는 무려 세계 10위이고, 1억 7천을 넘기니 말이다.

하지만 그래도 연합군은, 러시아군은 포기하지 않았다. 모두가 알고 있었다. 동유럽 러시아에서 밀리면 다음은 자신들의 가족이 있는 나라가 짓밟힐 것이라는 것을. 그걸 너무나 잘 아니 도망가고 싶어도 도망갈 수 없었다. 게다가 멘탈 보정까지 더해지니 광기가 깃든 것처럼 싸웠다.

그 결과 승전보와 비보가 번갈아 가며 울렸다.

4주째, 드디어 첫 오벨리스크가 깨졌다. 사할린에서 북동쪽 100㎞ 지점에 있던 가장 후미의 오벨리스크였다. 어느 순간 그곳과의 통신이 연결된 걸 보니 확실했다. 다만, 누가 깼는지는 밝혀지지 않았다.

그래서 국가는, 언론은 힘을 합쳐 영웅을 만들어냈다.

물론 그 영웅은 가상의 영웅이었다. 하지만 반대로 실존하는 영웅이기도 했다. 출처가 불분명한 곳으로부터의 정보도 계속해서 이어졌다. 여왕개미의 사진, 사체, 알의 모습부터 불에 취약하다는 약점에 드랍하는 아이템까지 계속해서 제보가 이어졌고 이 제보들은 아주 투명하게 보도됐다.

단 하나의 정보도 숨기지 않고 고스란히 날것 그대로 모든 대중에게 알렸다.

정체가 밝혀지지 않은 영웅.

지푸라기라도 잡는 심정이란 말이 있는 것처럼 많은 사람
이 그 정체불명의 집단, 혹은 개인에게 희망을 걸었다. 이건
종교에 의지하는 마음과 비슷했다. 그렇게라도 해야 할 정도
로 상황이 너무 안 좋았다. 하지만 그 영웅, 혹은 영웅들은 지
금 매우 곤란에 빠져 있는 상태였다.

*   *   *

"썩을……."

석영은 잇새로 욕지기를 뱉었다.

한도 끝도 없었다.

드넓은 광야를 가득 메운 개미를 두 눈으로 보고 있다 보
면 욕이 진짜 안 나올 수가 없었다. 석영의 눈으로 보이는 것
만 해도 못해도 수백이다.

"아하하……."

아영이도 어이가 없는지 허탈한 웃음소리를 흘렸다. 진짜
수를 보고 있다 보면 환장할 정도였다.

첫 번째 오벨리스크는 파괴했다. 그래서 통신이 돌아왔고,
장세미의 다급한 무전에 얼른 이동했더니 보이는 게 이거였다.

"저거 천은 넘겠는데요⋯⋯?"

깔끔한 샐러리맨 차림의 라크의 말에 석영은 고개를 끄덕여 동조했다. 끝이 안 보이는 광야, 그런데 그 광야의 바닥이 보이질 않았다. 흙커녕 온통 징그러운 개미들의 다리, 몸통, 대가리만 보였다.

그리고 듬성듬성 새하얀 개미 한 마리가 보였다. 안 봐도 뻔했다. 여왕개미였다.

"오빠, 저거 우리가 처음 봤을 때보다 더 크지 않아?"

"아무래도⋯ 그래 보인다."

아영이의 말에 대답해 준 석영은 미친 여왕개미가 성장한다는 사실을 깨달았다. 머리도 최소 반 배는 컸고, 몸통도, 다리, 날개도 전부 석영이 처음에 잡았던 여왕개미보다 컸다. 그래서 그런지 위압감이 장난이 아니었다.

끼이이이⋯⋯.

끼기기기⋯⋯.

그리고 정체불명의 기음(氣音)까지 들려왔다. 석영은 듣는 순간 그 소리가 일정한 파동을 가지고 있다는 걸 알았다. 일종의 신호 같았다.

'교감이 아닌, 아마도⋯ 명령.'

여왕개미는 저 집단의 우두머리다.

여왕개미든, 여왕벌이든, 항상 최상위에 위치한다.

물론 여왕개미가 진짜 체계적인 명령을 내릴지야 미지수지만, 이런 상황에서 의심을 안 할 수가 없었다.

"후우… 미치겠네."

장세미의 독백에 광야를 지켜보던 모든 대원이, 모든 사람이 고개를 끄덕였다. 저건 진짜 사람 미치는 장면이었다.

"차라리 지원을 요청하는 게 어떻습니까?"

"지원? 무슨 지원요?"

셔츠맨 라크의 말에 장세미가 고개를 돌려 되물었다.

"폭격 지원이죠. 여기 위치야 이미 알고 있으니 영상 전송해서 좌표 띄워주고, 그냥 콰과광."

라크의 말은 현실적이었다. 저건 아무리 석영이 있고, 괴물 같은 집단에 괴물 같은 능력을 보유하고 있다고 해도 소탕이 불가능한 전력이었다.

봐라, 저 어마무시한 숫자를. 그러니 이건 소규모 중대급으로는 절대 상대 불가능이었다. 차라리 아예 전폭기 지원을 하는 게 맞긴 하다. 하지만 현실적이라고 바로 실행 가능 한 건 또 아니었다. 일단, 지원 요청을 한다고 해도 들어줄지가 미지수였다.

아니, 안 들어줄 확률이 훨씬 높았다.

보통의 상황이라면 말이다.

"음… 그래도 해보는 게 낫겠지? 일단 영상 찍어서 좌표랑 같이 보내보자. 저것들 이동 시작 하면 골치 아프니까 최대한 빨리 보내."

장세미가 결단을 내렸다.

윤진아가 그녀의 명령에 얼른 다각도에서 영상을 찍어 언론 매체에 넣었다. 과연, 곧바로 응답할 것인가? 아니면 또 늑장을 부릴까?

긴장하면서 기다리길 10분쯤, 각국의 언론에서 바로 영상과 함께 보도를 시작했고, 그 보도를 접한 러시아군은 이례적으로 곧장 대응했다. 사할린 공군기지에서 백린탄을 가득 담은 전폭기 여섯 대가 떠올랐다는 기사가 나왔다. 이 모든 게 거의 20분 만에 일어난 일이었다.

석영은 물론 장세미까지 전부 놀랐다.

"어쩐 일이래?"

"상황이 상황이니까요. 이제 우린 좀 물러날까요? 괜히 여기 있다가는 뼈도 못 추릴 것 같은데."

"오케이. 윤 소령, 정 소령, 후방 오 킬로 지점까지 후퇴한다."

"네."

"네."

언덕 위에 넓게 포진하고 있던 대원들이 수신호와 함께 곧바로 물러났다. 이동은 조심스러웠다. 5㎞ 후방으로 빠지고 나자 구우웅… 하늘에서 우람한 진동 소리가 들려왔다.

치익, 치익. 치익.

"대령님, 러시아 공군에서 통신 요청입니다."

통신병의 말에 장세미는 좀 고민했으나 곧 회선을 열라고 말했다.

치익.

―러시아 공군 소속 세르게이 중령이다. 그대들이 숨은 영웅들인가?

숨은 영웅?

장세미는 잠시 고개를 갸웃했으나 바로 대답했다.

"우리가 숨은 영웅인지는 모르겠고, 목표물은 확인했나?"

상대방의 관등 성명을 들었으면서도 장세미는 자신의 관등 성명은 대지 않았다. 어차피 어둠 속에서 움직여야 하니 정체가 밝혀져서 좋은 게 하나도 없었기 때문이다.

구우웅……!

러시아의 주력 전투기 수호이가 육중한 소닉붐을 토해내며 지나갔다.

치익.

―확인했다. 폭격 시작 하겠다.

"부탁한다."

펑!

퍼버버버벙!

하늘이 순식간에 새하얗게 물들었다.

인류 최악의 무기 중 하나로 불리던 악명 높은 백린탄이 개미들이 자리 잡고 있던 광야에 무자비한 폭격을 가했다.

끼에에엑!

그리고 개미들이 내지르는 괴성이 하늘을 찢을 듯이 울려 퍼졌다. 놈들은 화염에 약했다. 반대로 추위에 강했다. 그래서 한 번 붙으면 물속에서도 꺼지지 않는 백린탄은 놈들을 조지기에 아주 효과적인 재래식 무기였다.

상공을 선회하며 수십 발의 백린탄을 터뜨린 수호이가 왔던 길을 되돌아가기 시작했다.

치익.

―다시 묻겠다. 그대들이 숨은 영웅인가? 오벨리스크를 최초로 파괴한.

"아, 영웅인지는 모르겠고, 오벨리스크를 깨뜨린 건 맞지."

―맞군. 그대들의 참전에 러시아와 연합군을 대표하여 대신 감사의 인사를 전한다. 그리고 고맙다.

"됐고, 수고했어. 이제 돌아가. 나머지는 우리가 처리할 테니까."

―부탁한다. 그럼, 건투를.

칙.

무선이 뚝 끊겼다.

피식 웃은 장세미 대령은 통신기를 내려놓고 웃었다. 그 웃음은 아주 살벌한 미소였다.

"내 생에 러시아 놈들한테 고맙다는 소리를 다 듣고… 큭."

그녀의 과거 때문일 것이다.

아프간, 레바논, 아프리카 등 전장을 간호사란 신분으로 전전했던 그 시절 말이다.

두둑, 두둑.

목을 한차례 꺾은 장세미가 총을 빙글 돌려 매고는 조용히 읊조리듯 명령을 내렸다.

"자, 수확하러 가자."

전투는 매우 성공적으로 끝났다. 재래식 무기지만 불에는 극단적으로 취약한 개미들이라 몸에 붙은 백린탄의 불꽃이 개미들의 온몸을 파먹었기 때문이다. 그래서 천이 넘던 개미들은 그야말로 떼 몰살을 당했다. 남아 있는 개미들도 별로 없었다. 폭격은 아주 정밀하게 떨어졌고, 이런 무기에 당해본 적이 없던 개미들은 백린탄이 폭죽처럼 터지는 순간 산개를 시작했지만 이미 늦었다.

여왕개미 세 마리를 포함해 고작 오십 마리 정도만 살아남아 있었고 그 정도는 그냥 석영과 한지원, 그리고 나창미가 멀리서 저격으로 죄다 머리통을 날려 버렸다.

전투는 매우 손쉽게 끝났다.

장세미는 이후 다시 참혹하지만 전 세계 시민들에겐 희망이 깃들게 해줄 광야를 영상으로 찍어 다시 언론에 흘렸다. 라쿤 상회의 빌이란 미국인은 컴퓨터 쪽으로는 매우 전문가여서 출처를 밝히지 않고 세계 언론사 곳곳에 뿌렸고, 그 영상은 다시금 보도로 흘러 나갔다. 그것만으로도 효과는 매우 훌륭했다.

러시아의 절망적인 분위기로 인해 불안과 공포에 떨던 이들에게 처음으로 대대적인 승전보를 전했기 때문이다.

그래서 군의 사기도 더욱 높아졌다.

특히 통신이 막혀 파발마가 아닌, 파발차로 인해 전선에 소식이 전해진 건 상당히 뒤였지만 개미들이 백린탄에 매우 취약하다는 정보는 아주 소중한 정보가 됐다.

전 세계 군수 공장에서 탄, 미사일, 그리고 백린탄 제조를 동시에 가동했다. 원래는 없어졌어야 했던 악마의 무기가 아이러니하게도 이 생존 전쟁에는 구세주가 되어버렸다.

군수 공장의 넘버원은 역시 미합중국이었고, 그들은 일주일 만에 어마어마한 물량을 러시아로 보냈다.

전선은 그렇게 희망적인 분위기를 띠기 시작했다.

그러한 가운데 두 번째 오벨리스크가 깨졌다. 역시 러시아의 서북쪽 지역에서 깨졌고, 상당한 범위의 통신이 다시금 돌아왔다. 그 결과 군은 물론 생존자를 구출하는 데 훨씬 효율적인 움직임이 가능해졌다.

진짜 오벨리스크가 깨지자 구조 요청이 점점 빗발쳤다. 처음 오벨리스크를 깬 곳은 민간인이 그렇게 많이 살지 않는 산간 지방이었다. 하지만 두 번째는 평야였기 때문에 근처의 소규모 마을, 소도시 등이 있었고 폐쇄된 광산 같은 곳에 몇천이 넘는 러시아 시민이 숨어 있었다. 무려 두 달간이나 그 규모의 사람들이 군의 보호를 받으며 있었다는 게 정말로 놀라운 일이지만 실제로 그런 일이 벌어진 곳이 한두 곳이 아니었다.

물론, 파국을 맞이한 곳도 있었다.

폭동은 기본, 자는 틈을 타서 군을 습격하고, 집단 구타부터 시작해서 차마 입에 담기 힘든 짓으로 파멸로 치달은 곳도 존재했다.

그리고 파멸로 치닫게 만들었던 주범들은 모두 처형됐다. 시대가 아무리 변했어도, 러시아다. 냉전 시대를 거쳐 많이 좋아지긴 했지만 그래도 중국과 함께 지구상 가장 대표적인 공산국가인 러시아다.

그들은 절대로 눈앞에 현실에 재를 뿌리는 자들을 살려두지 않았다. 그에 대해 인권이니 뭐니 말이 조금 있긴 했지만, 말 그대로 조금이었다. 모두가 이겨내려 할 때 혼자 이겨내지 못하고 몹쓸 패악 질을 한 놈들은 오히려 도움이 되지 않는다는 게 어처구니없게도 중론이 되었다.

말도 안 되는 일이었지만, 현 상황은 그걸 말이 되게 만들었다.

세계 경찰이라고 떠들어대는 미국도 러시아의 그런 단호한 처형에는 침묵했을 정도였다. 특히 범죄에 대해서는 모든 국가가 엄하게 대처했다.

백린탄이 희망이 불씨가 되면서 전선은 활기를 띠었고, 조금씩이지만 영토를 수복해 나갔다. 그리고 마침내 다시 팽팽하게 5 대 5를 만들었을 때는 모두가 조금 있으면 이 난(亂)을 극복할 수 있을 거라고 생각했다.

하지만 오산이었다.

*   *   *

인간은 진화했다.

찰스 다윈의 진화론을 부정하는 사람은 솔직히 현 시대에서는 극소수에 불과했다.

그럼 동물은? 마찬가지다.

인간은 진화했고, 동물도 진화했다.

그럼 곤충은?

마찬가지의 답이 나올 것이다.

"시발… 내성이 말이 되냐?"

그 마찬가지 답 때문에 석영은 어이없는 심정이었다. 석영의 팀이 움직이는 걸 안 러시아가 곳곳에 탄과 보급품을 숨겨 놓고 통신으로 알려주는지라 한동안은 아주 그냥 빵빵한 화력으로 개미들을 조졌다.

그런데 언제부턴가 개미가 잘 안 죽기 시작했다.

강화 철갑탄에 맞으면 그냥 구멍이 뻥뻥 뚫리던 것들이 갑자기 탄이 내부에서 막히기 시작했다.

저항력이 생긴 것이다.

대전차용 라이플 바렛으로 갈겼는데도 이런 상황이 벌어졌다는 것은 매우 심각한 일이었다. 석영의 타천 활은 역시 한 방을 버티지 못했지만 일반 라이플이 막히는 건 작전에 지대한 영향을 끼친다는 소리였다.

근데 그 정도로 끝났으면 어떻게든 해봤을 것이다. 이 미친 개미들은 백린탄에도 내성을 가지기 시작했다.

"아니, 백린탄을 상대도 못 해본 놈들이 어떻게 내성을 가질 수가 있지?"

환경의 변화가 오더라도 적응, 진화는 굉장히 오랜 세월을 두고 진행된다. 그런데 이 후미진 곳에 있는 개미들이 벌써 내성을 조금씩 갖추기 시작했다는 것은 학설 자체를 완벽하게 위배하고 있었다.

말이 안 되는 소리란 뜻이었다.

"알에서 나올 때, 아마 내성을 갖추고 나오는 것 같아요."

옆에서 끼릭, 끼릭거리면서 평야를 배회 중인 개미를 보던 한지원의 말에 석영은 하아, 한숨을 흘렸다.

말도 안 되는 소리였다.

어떻게?

대체 어떻게 그게 가능한 건데?

석영은 정말 곤충학자를 잡아다가 그렇게 묻고 싶었다. 인간적으로 진짜 너무 말이 안 되는 현상이었기 때문이다.

"오빠… 이거 답이 안 나오는데? 백린탄 내성 가진 놈들을 어떻게 한 방에 조져? 저거 보니까 못해도 백 마리가 넘는데?"

사냥이라도 나왔는지 거대 개미가 70개체 정도, 병정개미가 30개체 조금 넘어 보이는 몬스터 무리를 보며 아영이 한 말에 석영도 고개를 끄덕였다.

석영이라면 잡을 수 있었다. 익스플로젼을 걸고, 그냥 때려박으면 저 정도는 정리가 가능했다. 남은 몇 정도야 한지원, 나창미, 그리고 아영이만으로도 충분할 것이다. 그리고 라쿤상회의 건 맨들까지 있으니 불가능은 아니었다. 하지만 그렇게 해서는 지금만 사냥이 가능할 뿐이었다. 석영의 정신력에는 한계가 분명히 존재했기 때문이다.

원 맨 아미.

말이 좋아 원 맨 아미지 결국 석영이 없으면 아무것도 못한

다는 소리나 다름없었다. 한지원이라면 저 안에서 칼춤을 신명나게 출 수 있겠지만 그녀에게도 체력의 한계는 존재했다. 그러니 근본적인 해결책이 필요했다.

만약 그 해결책을 못 찾으면?

안타깝지만 러시아 작전은 어쩌면 여기서 끝날지도 몰랐다. 한지원의 팀이 제 역할을 못해주면 결국 석영이 혹사당해야 하고, 그건 곧 생존 그 자체와 직결되기 때문이었다.

'어쩔 수 없어. 최후의 최후까지라도 살아남으려면… 지금은 냉정해져야 할 때다.'

그런 생각에 석영이 한지원을 돌아보는데 대원 한 명이 낮은 포복 자세로 한지원에게 기어 오는 게 보였다. 이미 한지원도 그 대원을 보고 있었다. 다가온 대원은 수화로 한지원에게 뭔가를 보고하기 시작했다.

보고를 듣는 한지원은 고개를 끄덕이기도, 후우, 한숨과 함께 고개를 흔들기도 했다. 그러다 보니 모든 사람의 시선이 한지원에게 몰려 있었다. 그녀는 보고를 다 듣고 곧바로 뭔가 명령을 내렸다.

이후 고개를 돌리곤 몇 사람에게 손짓으로 뒤로 빠지라는 신호를 보냈다. 석영과 아영도 당연히 그 안에 있었다.

멀찌감치 떨어지자 한지원이 한숨과 함께 입을 열었다.

"후우, 서쪽 이 킬로 지점에 폐광 하나가 있는데 그 안에 러시아 시민들이 갇혀 있나 봐요. 아까 본 놈들은 아직 안 움직인 것 같아 다행인데, 그 근처로 이동하는 다른 무리가 있어요."

"그 폐광으로 가는 건가?"

시니컬한 표정과 시비조의 어투가 트레이드마크인 투 핸드의 질문에 한지원은 고개를 끄덕였다.

"딱 경로 안에 폐광이 있어요. 아무래도 무슨 흔적을 쫓아가는 것처럼 이동 중이라는 보고예요."

"음… 그래서? 구하자고? 이 판국에?"

투 핸드의 말에 한지원의 표정에 옅은 미소가 서렸다. 러시아에서 투 핸드를 대할 때는 처음으로 나온 미소였다.

"가만히 놔두면 여왕개미한테 먹힐 거고, 알을 낳는 데 영양분이 될 뿐이에요."

"그거야 알지, 안다고. 하지만 그게 우리 목숨보다 중요한가?"

"…아니요. 안 중요하죠. 우리 목숨보다 중요한 게 뭐가 있겠어요. 하지만 시도는 해봐야죠. 구할 수 있다면 말이에요. 투 핸드, 혹시 겁먹었어요? 오늘따라 말이 많네?"

피식.

투 핸드는 한지원의 말에 그냥 웃고는 손을 휘휘 저었다. 석영이 그동안 보며 느낀 게 있는데, 저 투 핸드는 안하무인(眼下無人)이란 단어가 딱 어울리는 성격이었다. 깔보는 말투, 시비를 거는 것 같은 말투, 피식거리는 조소 등등 그게 아주 자연스럽게 몸에 배어 있는 여자였다.

하지만 한지원에게는 선을 넘지 않았다.

막 말하는 것 같아도 분명 그녀를 인정하고, 존중하고 있다는 걸 느낄 수 있었다. 자신의 동료들에게 하는 것처럼 말이다.

석영은 알 수 있었다.

분명 둘은 한번 붙어본 전적이 있다는 걸.

투 핸드 같은 성격은 분명 붙어보고, 자신이 인정할 만한 실력이 아니면 절대 저렇게 대하지 않는다는 걸 알고 있었다.

쉴 때도 몇 번 일이 있긴 했다.

아영을 툭툭 건드린 것이다.

아영은 처음에는 안 까불겠다고 했지만 전투 민족 성향이 어디 가겠나? 하지만 투 핸드의 도발에 아직까지 넘어가진 않았다. 중간에서 석영과 한지원이 중재했기 때문이다.

"석영 씨?"

한지원이 석영의 상념을 깨웠고, 그가 바라보자 '콜?' 하고 물었다. 석영도 잠시 생각해야 했다. 과연 그들을 구하는 게 득이 되나 해가 되나, 이 부분을 말이다.

석영은 정의로운 성향은 절대로 아니었다. 러시아에 있는 것도 자신에게 도움이 되기 때문에 온 거지, 그게 아니라면 석영은 분명 이곳에 오지 않았을 것이다. 그만큼 석영은 이기적인 성향이 강했다. 하지만 지금은 도덕심을 기준으로 선택을 해야 했다.

쓴 미소가 걸렸다.

"별로 안 내키나 봐요?"

"네."

"그런데 노라고 대답하지 않은 이유는요?"

"인간이 여왕개미의 먹이로 전락하는 게 싫어서요."

석영은 솔직하게 대답했다.

진짜 그러한 이유가 마음속에서 걸리지 않았다면 석영은 냉큼 고개를 저었을 것이다. 일단은 타인보다 자신을 최우선 순위에 두는 게 정석영이란 인간이니 말이다. 그래서 석영은 고민해야 했다.

"오빠."

"응?"

"그냥 하자. 하기 싫어도 인간이 몬스터에게 잡아먹히는 건 싫다며?"

아영의 말에 석영은 얘가 뭔 소리를 하나 바라봤다.

"언니, 몇 마리나 돼요?"

"칠십 정도?"

"에계, 얼마 안 되네? 오빠 혼자도 다 잡겠네, 뭐. 내가 앞에서 막아줄 테니까 얼른 정리하고 와요."

피식.

70마리를 진짜 개미로 취급하는 아영이의 말에 석영은 그냥 웃고 말았다. 그런데 아영은 충분히 그런 말을 할 자격이 있었다. 공격을 빼고 석영 한 명만 보호하라고 하면 아영은 정말 최강의 가드였다.

실제로 그녀는 석영의 반경 10미터 안으로는 개미 새끼 한 마리 못 들어오게 만들었다. 그걸 몇 번의 전투에서 이미 충분히 증명했다. 물론 그런 증명은 몬스터가 진화를 하기 이전의 일이었다.

하아, 하고 한숨을 내쉬는데 석영은 물론 조의 중요 인물들에게 지급한 마법 통신기에서 삐이익! 삐, 삐, 삐익! 날카로운 소리가 들려왔다.

긴급, 그것도 코드 레드를 알리는 신호였다.

그 통신에 모두의 시선이 석영에게 몰렸고, 석영은 고개를 끄덕였다. 코드 레드. 이건 민간인만이 아닌, 자신에게도 해당되는 신호였기 때문이다. 그래서 석영은 고개를 끄덕였다. 이 기적이라고 손가락질해도 상관없었다.

그에게 가장 중요한 건 생존이었다.

episode 52
미스 발할라

수많은 죽음이 일어났다.

석영은 광산으로 가는 길에서 사지가 찢기고, 파 먹힌 채 버려진 인간의 사지 육신을 곳곳에서 발견할 수 있었다.

시발……

아영의 욕설이 이번엔 그렇게 공감될 수가 없었다. 이들은 공포를 이기지 못했다. 그래서 광산을 빠져나와 도망치던 사람들일 것이다.

한지원에게 배운 대로 소리를 죽인 채 조심스럽게 전진하던 석영은 갑자기 군화 발끝에 툭 차이는 물체에 잠시 멈췄다. 그리고 저도 모르게 시선을 내렸다.

까득!

보는 순간 이가 혹 갈렸다.

고작 10살도 안 되어 보이는 소녀였다. 아니, 정확히 표현하면 소녀의 머리였다. 온전하게 보전된 소녀의 머리는 극한의 공포를 담은 눈동자가 고스란히 남아 있었다.

그래서 화가 났다. 이 거지 같은 현실을 만든 신일지, 외계인일지 모르는 것들에게.

석영의 기분 변화에 주변에서 움직이던 이들이 일시에 멈칫했다. 싸하게 마치 안개처럼 퍼져 나가는 살기. 적색과 흑색이 섞여 일렁이는 눈동자는 마치 흑요석처럼 번들거리고 있었다.

석영의 변화에 한지원이 바로 다가왔다.

툭툭.

석영의 팔뚝을 친 그녀는 양 손바닥으로 아래를 눌러 내리는 신호를 보냈다. 감정을 가라앉히라는 신호였다.

석영은 고개를 끄덕였다.

분노는 이미 일어났다. 눈앞에 개미들을 모조리 찢어 죽여 버리고 싶은 들불 같은 분노는 이미 머릿속에서 화르르 타오르는 상태였다. 하지만 지금은 작전 중. 살기의 표출이 어떤 결과를 가져올지 모르니 석영은 한지원의 신호대로 심호흡과 함께 살기를 내리눌렀다.

피식.

맨 뒤쪽에서 오던 투 핸드의 웃음소리가 들렸지만 석영은
무시했다.

이동은 다시금 재개됐다. 내리누른 감정으로 인해 이제는
사지(四肢)가 보여도 무시할 수 있는 상태가 됐다. 이동은 느렸
지만 결국엔 목적지에 도착했다.

숲이 끝나는 낭떠러지 아래로 이미 폐쇄된 폐광이 보였다.
그 폐광은 단단한 철문으로 박혀 있었고, 그 앞에는 피의 강
이 흐르고 있었다. 온통 붉게 도배된 땅을 보니 진짜 짜증이
물밀듯이 올라왔다.

한지원의 옆으로 대원 하나가 슬금슬금 낮은 포복으로 기
어서 다가왔다.

"안으로 들어간 사람들은 총 백 명이 조금 넘는 것 같습니다."

"처음부터 봤나?"

"네, 막 안으로 들어갈 때 확인했습니다."

"저 사람들은?"

"무리에 떨어져 있던 사람들이고, 개미들이 한차례 휩쓸고
지나갔습니다."

"그래도 안에서 문은 안 열어줬고?"

"네."

"잘 판단했군."

한지원은 이 상황에서도 냉정했다.

들어오지 못한 사람들보다 안에 있는 사람들의 생존을 걱정해 문을 열지 않았다. 저 철문이 어떤 식으로 움직이는지는 중요하지 않은 상황이고, 마음을 독하게 먹고 살아남았다는 것이 중요했다.

석영도 두 사람의 대화에서 고개를 끄덕였다.

냉정하고, 차갑게 들릴지 모르겠지만 개미 한 마리라도 저 안으로 들어갔으면 몰살이라는 최악의 결과가 나왔을 것이다. 그러니 저 철문을 열지 않은 건 최선이었다. 이가 뿌득 갈리더라도 말이다.

"개미 새끼들은?"

"멀지 않은 곳에 있습니다. 십 분 전에는 일 킬로 밖에서 서성거리고 있던 걸로 파악됐습니다."

"그래? 음……."

한지원은 잠시 생각에 잠겼다.

석영은 잠자코 있었다. 한지원은 지휘관으로서의 능력도 출중하다. 석영이 히트 맨, 강력한 딜러라면 한지원은 장세미보다는 못하지만 충분히 리더의 역할을 맡기기에 적합한 사람이었다.

"일단 안으로 신호를 주는 게 먼저겠어. 우리를 믿지 않으면 나오려 하지 않을 테니까."

철문은 굳게 닫혀 있었다.

안에 통신 기능이 있을까? 아니, 통신 기능이 있어도 현재는 오벨리스크 영역 안이라 어차피 먹통이다. 그러니 인편으로 보내야 했다.

"내가 가야겠군."

한지원은 어디 마실 나가는 것처럼 얘기하더니 결정을 내렸다. 그다음은 석영을 돌아봤다.

"뒤에 빡센 지원군이 있으니 그리 위험하지는 않겠지."

그 얘기에 다들 동의하는자 고개를 끄덕였다.

한지원은 이후 지원조와 방어조를 구성했다. 그리고 어디까지 빠질 건지, 어디까지 안내할 건지 등에 대해서도 결정했다. 최소한 오벨리스크 영역 밖으로 나가는 길을 알려주면 되니 그리 먼 거리는 아니었다.

"차라리 주변에 있는 놈들 싹 쓸고 가는 게 낫지 않나?"

투 핸드의 말에 한지원은 고개를 저었다.

"얼마나 더 있을지 알고? 백 단위가 넘어가면 일반인들 정신에 심각한 중압감을 줄 거야. 그럼 통제를 벗어날 거고. 가능하면 조용히 구출해서 안전한 곳으로 보내는 게 나아."

"음… 지키는 건 별론데."

"일단 안전한 곳으로 피신만 시키면 뭐든 할 수 있으니까 그때까지 좀 참아."

한지원은 이제 투 핸드에게 아주 편하게 말을 했다. 자연스러운 변화였고, 투 핸드도 그리 신경 쓰는 눈치는 아니었다.

한지원의 신호에 준비는 신속하게 이루어졌다. 언덕 아래쪽으로 줄을 10개나 단단히 연결했고, 라인을 잡고 대원들이 섰다. 폐광 오른쪽은 투 핸드와 투 에스, 그리고 왼쪽은 석영과 아영이 맡기로 했다. 단, 석영은 내려가지 않았다. 아영과 나창미가 내려가서 막았고, 석영은 가능하면 양쪽 다 지원하기로 결정을 했다. 준비가 끝나고 한지원과 라쿤의 건 맨들, 그리고 아영과 나창미가 내려갔다.

보통 이런 작전을 시작하면 좀 긴장하고 그래야 하는데 내려간 다섯 사람은 그런 게 하나도 없었다. 산보라도 나온 것처럼 그냥 건들건들 각자 지정된 자리로 걸어갈 뿐이었다. 그중에서도 한지원이 가장 태평했다. 그냥 쭉쭉 걸어가서 쾅쾅! 철문을 두들겼다. 그리고 뭐라 뭐라 소리치는 게 들렸다.

저렇게 크게 소리치는 게 안 좋을 수도 있겠지만, 사실 한지원의 방법은 효과적이었다.

지금까지 지켜본 바, 개미들의 청각은 평균 수준이었다. 개미들은 오히려 청각보단 촉각이 많이 발달했다. 땅의 진동 등으로 적이 먹이가 있는 곳을 찾았다. 전투도 마찬가지다. 소리보다는 지표면의 진동으로 먹이, 적을 찾아 공격했다. 그러니저렇게 소리치는 건 나쁜 방법이 아니었다.

철문이 열렸다.

문이 열리고 군복 차림의 나이 지긋한 노년의 러시아인의 고개가 슬그머니 나왔다. 한지원은 러시아어도 능통한지 곧 그 늙은 군인과 대화를 했다. 석영은 그 모습을 보면서 곧 사람들이 나올 것이라 생각했다.

늙었지만 군인의 눈빛은 매우 단단했다. 산전수전 다 겪은 베테랑의 눈빛을 하고 있는 걸 보니 리더십도 상당할 것이라 생각됐고, 바보가 아니라면 그 안에서 굶어 죽느니 어떻게든 활로를 찾아 도망치는 게 현명하다는 것쯤은 잘 알 것이다.

삐이…….

그때 귀속으로 마법이 만들어낸 기음이 쑥 들어왔다. 음이 길게 늘어지는 걸로 보아 몬스터의 출현이었다.

석영은 곧바로 신호가 들어온 곳을 확인했다. 아직 육안으로는 보이지 않았지만 저 멀리서 먼지구름이 일어나는 게 보였다. 그 먼지구름을 일으킨 놈이 누구인지는 안 봐도 뻔했다. 아니, 놈들이 아니었다.

찢어 죽여도 시원찮을 괴물들이다.

순간적으로 이곳으로 오며 봤던 소녀의 머리가 떠올랐다가 사라졌다.

사아아…….

그래서 석영의 눈빛은 물론, 기세가 다시 순식간에 돌변했다.

삑, 삑!

한지원에게 신호를 준 뒤 석영은 자세를 낮추고 바로 달렸다.

"몬스터의 예봉을 꺾겠습니다. 세 분만 따라와 주세요."

"네."

한지원이 석영을 지원하라고 붙여준 문보라가 재빨리 두 사람을 손짓해 같이 달렸다. 석영의 이동은 빨랐다. 석영은 달리면서 느끼고 있었다. 정신, 능력 말고 육체 자체도 진화하고 있음을 말이다.

바람이 따가울 정도로 빠르게 달리다 보니 신호를 전달하기 위해 능선 위를 달려오던 대원이 보였다.

"수는 어떻게 됩니까?"

"팔십에서 구십 언저리입니다."

"팔십에서 구십……."

많은 수였다.

절대 적은 수는 아니었다. 하지만 그렇다고 석영이 감당하기 힘든 수는 또 아니었다. 그리고 다 감당할 필요도 없었다. 어차피 예봉만 꺾으러 왔으니 말이다.

저 몬스터들에게 공포심이란 존재하지 않았다. 본래라면 석영의 활에 기가 짓눌려야 하는데 그런 것도 없는 걸 보면 분명 정신에 무슨 짓을 해놓은 게 분명했다. 그러니 기세 자체를 꺾는 건 불가능하다. 하지만 저 미친 진격 속도만 꺾어도 충분히 전투력은 깎인다.

저 멀리서 새까만 것들이 조금씩 모습을 드러냈다. 끼긱거리면서 발 여섯 개를 놀리며 달려오는 모습이 참 이질적이고 기괴했다. 그리고 구역질이 올라올 정도로 더러웠다.

끼엑!

가장 앞에 있던 병정개미가 껑충껑충 점프를 뛰었다. 못해도 4에서 5미터 정도를 뛰어오르는 걸 보면 정말 기도 안 찼다.

두드드드득!

석영은 시위에 손을 걸고, 그대로 쭈욱 당겼다.

이번에도 다를 건 없었다.

'익스플로전.'

새까만 화살 하나가 그래픽처럼 시위에 걸렸다.

삑!

그때 귀에 다시 신호가 들어왔다. 이번엔 정반대 편이었다.

석영은 시위를 놓으려다가 흠칫했다. 똑같이 신호를 받은 문보라가 바로 알아보고 오겠다고 말하고는 냅다 달렸다. 상체를 숙이고, 소리도 나지 않는데 석영보다도 빠르게 달려 사라졌다. 석영은 진짜 대단하단 생각을 하면서 다시 시선을 돌렸다.

사정권 안에 들어왔다.

투웅!

슈아아악!

콰웅!

빛살처럼 빠르게, 그리고 정확하게 날아간 화살이 선봉의 중앙에 떨어졌고, 마치 화약이 터진 것처럼 거대한 소리를 만들어냈다. 석영은 체액과 함께 비산하는 개미들의 다리를 보면서 참 신기하다고 생각했다.

스킬을 배우지 않고도 스킬을 사용할 수 있다.

의식의 집중.

'이런 걸 보면 또 게임은 게임이야⋯⋯.'

두드드드득!

다시 시위를 당기고, 놨다.

콰웅!

끼에에엑!

개미들의 비명이 협곡처럼 생긴 지형에서 아름답게, 그리고 아주 처절하게 울려 퍼졌다. 하지만 석영의 입장에서는 기분 좋은 선율에 가까웠다.

개미들은 멈추지 않았다. 옆에서, 앞에서, 뒤에서 같이 달리던 동족이 죽어 나가는 데도 맹목적인 돌진을 계속했다. 무리 습성은 있어도 동족애는 확실하게 결여되어 있었다.

그래서 지능종으로 보였던 고블린이나 오크들보다 훨씬 까다로웠다. 석영은 입술을 지그시 깨물고는 다시 시위를 당겼다. 몇 마리가 두리번거리면서 석영을 찾는 게 보였다.

퉁!

퍼걱!

순식간에 공간을 좁힌 화살이 막 절벽 쪽으로 달려오려던 개미의 머리를 뚫어버렸다. 머리가 뚫리자마자 그대로 고꾸라진 개미는 조금의 움직임도 없었다. 그냥 딱 동작을 정지했고, 그 죽은 개미를 밟고 다른 개미가 절벽으로 달려왔다.

"지원하겠습니다."

같이 온 대원 둘이 석영을 중심에 두고 거리를 벌렸다. 철컥! 철컥! 이들이 기본으로 사용하는 저격은 바렛이다. 대전차 저격용 라이플이라 그냥도 살벌한데 모두 강화를 끝낸 철갑탄을 사용한다. 그래서 탄이 많지는 않지만, 이들은 사용하는 데 아끼지 않았다.

예전에 한지원에게 물었더니 '아껴서 뭐 하게요? 똥 만들게요?' 이런 말을 들었던 기억이 있었다. 어쨌든 그런 무시무시한 바렛을 엎드려쏴 자세도 아닌 그냥 서서 어깨에 딱 견착한 채, 첫 발을 쐈다.

투슝!

픽!

절벽을 막 기어오르려던 개미의 대가리가 그대로 뒤로 훅 꺾였다. 본래는 저렇게 안 되지만 아주 제대로 목과 몸통의 이음새 부분을 맞춰 버리면 딱 저렇게 된다. 이런 여자들이 올림픽에 나가면 어떻게 될까? 하는 실없는 생각을 할 때쯤,

다시 삐이익! 귓가로 통신이 들어왔다.

삑! 삑! 삑!

신호를 받은 석영은 멈칫했다.

그리고 본능적으로 본대가 있을 방향으로 고개를 틀었다. 연달아 울리는 신호는 한지원이 정한 신호였다.

긴급 구조 신호.

그런데 천하의 한지원이 긴급 구조 신호를? 석영은 잠시 뒤에 바로 왜 그런 신호가 왔는지 상황을 파악할 수 있었다.

"이런 썅……."

폐광 위에서 절벽을 타고 개미들이 내려오고 있었다. 새까만 개미들이 줄지어, 무리 지어 우르르 내려오고 있었다. 그걸 보는 순간 석영은 소름이 쭉 돋았다. 등골을 타고 내려온 소름은 석영의 머릿속에 경종을 울려댔다.

"저 먼저 움직입니다."

"네,"

두 명의 대원은 석영의 말에 고개도 돌리지 않은 채 계속해서 저격을 이어나갔다. 다시 처음에 있던 곳으로 다가오니 어느새 개미들은 절벽을 내려왔고, 고립된 한지원과 나창미, 라쿤 상회의 건 맨들과 아영이 보였다.

반대쪽에서도 개미들이 몰려와 삼면이 딱 포위되어 있었다. 막 소총을 어깨에 건 문보라에게 다가간 석영은 일단 어떤 결정을 내렸는지 물었다.

"그냥 이대로 싸웁니까?"

"네. 저희는 지원만 합니다."

한지원이 전투를 고집했다.

이런 상황이면 몸을 빼는 게 나은데도 그녀가 그런 선택을 내렸다면 분명 이유가 있을 것이라는 생각이 들었다.

석영은 일단 고개를 끄덕였다. 아래에 있는 다섯 사람은 그렇게 걱정이 되지 않았다. 한지원을 포함해 전부 전투의 스페셜리스트들이기 때문이다. 다만, 새까맣게 몰려들어 있는 개미들의 수가 너무 많은 게 좀 걱정이었다.

석영이 저격한 곳에서는 사십이 조금 넘었다. 하지만 절벽을 타고 내려온 놈들과 반대쪽에서 몰려온 개미들의 수가 백을 가뿐히 넘기는 것 같았다.

석영은 오랜만에 체력 낭비가 심할 것 같단 생각이 들었다. 밑에 동료들이 있으니 혹시 모를 피폭을 조심해야 한다. 그래서 익스플로전 같은 폭발 형태 공격은 무리였다. 그럼 남은 방법은 가장 심플한 정밀 저격밖에 없었다.

"근데 좀 이상한데? 왜… 안 움직이지?"

스코프로 개미들을 겨냥하고 대기 중이던 문보라가 자세를 풀며 한 말에 석영도 '어?' 하는 심정으로 개미들을 바라봤다.

확실히 그랬다. 인간을 보면 바로 달려들어야 하는 개미들이 지금은 적당한 거리를 유지한 채 발만 동동 구르고 있었다.

이상 현상이었다.

여태껏 만났던 개미는 전부 다 맹목적 전투 의지를 가지고 있었다. 눈앞에 인간이나 동물이 있으면 그냥 달려들었단 소리다. 그런데 지금은 마치 '대기'라도 하고 있는 것처럼 멈춰 있었다.

'대기?'

소름이 쭉 돋았다.

석영이 소름이 돋은 이유는 하나였다. 만약 진짜 저것들이 대기하고 있는 거라면 '명령 체계'가 생겨났단 소리였기 때문이다.

뎅! 뎅······!

경종은 더욱더 크게 울렸다. 석영은 절대 육감(六感)이 던져주는 이 경고를 무시하지 않았다. 여러 번 위기에서 석영을 구해주면서 그 가치를 절대적으로 입증했기 때문이다.

지이잉······.

이번엔 좀 더 세게 울렸다.

휙! 휙!

아래에 있던 한지원을 포함한 전원의 시선이 폐광 위의 정상으로 향했다. 석영의 시선도 그녀들의 시선을 따라갔다. 아직까진 보이지 않았지만 뭔가, 뭔가 진득한 살기를 가진 '것'이 다가오고 있다는 걸 석영은 느꼈다.

심장이 쿵, 쿵쿵쿵! 점차 빨리 뛰는 걸로 보아 분명히 무언가 오고 있었다. 석영의 머릿속으로 여왕개미가 떠올랐다. 그리고 석영의 생각은 틀리지 않았다. 석영이 있는 곳보다 훨씬 지대가 높은 절벽 위에서 일단의 무리가 나타났다.

그래, 무리였다.

"맙소사……."

옆에 있던 문보라의 신음 같은 탄성에 석영도 격한 공감을 날렸다. 이번엔 달랐다. 여왕개미가 나타난 건 맞는데, 무리, 아니, 군단과 함께 나타났다.

"지랄……."

석영은 저도 모르게 욕설을 내뱉었다.

병정개미보다도 커 보이는 육중한 덩치, 최소 2m는 넘을 것 같은 흉측한 갈퀴 같은 더듬이에, 더욱 날카로워 보이는 발까지. 문제는 몸통의 색이었다. 새빨간 레드! 정열의 레드! 타오르는 불꽃같은 진홍색의 몸통을 가지고 있었다.

"붉은 병정개미……."

병정개미의 상위종이었다. 그리고 그만큼 더 강력했다. 하지만 석영이 욕을 내뱉은 진짜 이유는 붉은 병정개미 때문이 아니었다. 그 개미들의 호위를 받고 있는 것처럼 중앙에 떡하니 자리 잡은 여왕개미 때문이었다.

원래 여왕개미는 눈처럼 진한 하얀색이었다. 투명한 날개를 뺀 나머지 전부가 흰색이었는데 지금 눈앞에 나타난 여왕개미는 정반대인 검은색이었다. 그리고 줄무늬처럼 들어간 빨간색이 그 흉포함을 더욱더 진하게 드러나게 했다.

석영은 활시위를 당겼다.

당연히 여왕개미를 저격하기 위해서였고, 아예 시작부터 죽이고 시작하는 마음에 바로 시위를 놨다.

퉁!

현 퉁기는 것처럼 경쾌한 소리가 났을 때 이미 무형 화살은 거리의 반 이상을 좁힌 상태였다.

푹! 하고 박혔지만 석영은 오히려 인상을 찌푸렸다. 화살은 개미를 명중했다. 다만, 여왕개미가 아닌 그 옆에 있던 붉은 병정개미를 명중했다. 마치 주인을 지키려는 개처럼 몸을 날려 화살에 자신의 목숨을 희생했다.

"얼씨구……."

끼이이……!

석영이 어이가 없는 탄성을 흘리기 무섭게 여왕개미가 흉측한 아가리를 벌리고 기음(氣音)을 토해냈다. 공격 명령이었다.

개미들이 일시에 움직이기 시작하자 아래에서 한지원의 목소리가 들려왔다.

"석영 씨, 지원!"

아래에서 한지원의 도움이 바로 들려왔고, 석영은 막 달려들기 시작하는 개미들을 빠른 속도로 저격했다.

한지원은 다행히 더 이상 싸울 생각이 없는 것 같았다. 그녀도 아래에서 석영이 느꼈던 것들을 전부 느꼈고, 지금은 전투보다 후퇴가 먼저라는 생각을 한 것 같았다. 지금 상황에서는 정말 나이스한 판단이었다.

줄을 붙잡고 빠른 속도로 올라오는 다섯 사람의 뒤로 몰려드는 개미들은 마치 좀비 같았다. 영화에서 탈출하는 주인공 뒤로 새까맣게 몰려드는 좀비들 말이다. 다행히 개미들은 절벽을 잘 내려올 순 있어도, 잘 기어오르진 못했다. 학습하는 놈들이라 곧 제대로 타는 놈들이 나올 수도 있겠지만 지금은 아니었다.

"아, 오빠! 도와주셈! 아영이는 로프 잘 못 타요!"

아래서 들린 아영이의 외침에 몇몇 대원이 피식하는 게 들렸다. 이런 상황에서도 목소리에 애교를 잔뜩 넣어서였다. 긴장감이라고는 하나도 찾을 수 없는 아영이 덕분에 갑작스럽게 돌아가는 상황에 좀 긴장했던 석영의 머릿속에 여유가 찾아들었다. 하지만 목소리에서 느껴진 장난기, 애교, 여유처럼 아영이의 상황은 그리 좋은 편이 아니었다.

일단 아래로 내려갔던 이들 중에 아영이는 가장 올라오는 게 느렸다. 저렇게 올라오는 건 반복 합숙을 통해서 몸에 익혀야 했다. 그래서 군 특수부대의 훈련 목록 중에 레펠 훈련이 괜히 있는 아니다. 한지원이나 나창미야 특수부대 출신이라 이미 충분히 익숙한 사람들이고, 투 핸드나 투 에스도 상당히 빠른 속도로 위로 올라오고 있었다. 하지만 아영이는 느렸다. 무기와 장비의 무거움이 문제가 아니라, 숙련도의 문제였다.

퉁!

투웅!

투슝!

그래서 석영은 바로 아영이의 뒤를 쫓아오는 개미들을 저격하기 시작했다. 옆에 있던 문보라도 아영을 지원하기 시작했다. 그사이 한지원이 어느새 위로 올라왔다.

"보라야, 아영이 로프 당겨줘!"

"네!"

총을 건네받은 한지원이 아영을 지원했고, 문보라는 딱 자세를 잡고 아영이가 매달린 로프를 당기기 시작했다.

"아, 짜증!"

그사이 나창미도 위로 올라와 신경질 가득한 히스테리를 부렸다. 그러곤 휙휙 고개를 돌리다 폐광 쪽 위에 위풍당당하게 서 있는 여왕개미를 발견했다.

"음마야……."

그러곤 그리 놀라지도 않았으면서 놀란 척, 탄성을 흘렸다.

"지원이가 잘했네. 쟤랑은 별로 싸우고 싶지가 않다."

철컥!

그렇게 말하고는 투슝! 육중한 바렛으로 그냥 갈겼지만 작은 불꽃만 튀고는 탄이 튕겨 나왔다. 철갑탄이 튕겨 나갈 정도의 외피 강도에 석영도 인상을 꽉 썼다. 물론, 제대로 먹이면 타천 활로 뚫어버릴 수 있겠지만 아까 보니 부하들을 방패로 쓸 정도의 지능이 있는 놈이니 쉽게 잡기는 힘들 것 같았다.

추적 샷으로 쏴도 놈은 개미들 틈바구니에서 나오지 않을 테니 말이다. 그사이 투 핸드와 투 에스도 올라와 개미를 발견하고는 휘이, 휘파람을 불었다.

문보라의 도움을 받아 마지막으로 아영이 올라왔다. 아영은 울상을 지은 채 석영에게 달려왔다.

"오빠! 히잉, 무서웠⋯⋯."

"정도껏 하렴?"

딱!

장난을 치려다가 한지원의 기습 알밤에 악! 소리를 내고 주저앉았다. 그 모습에 또 주변에서 피식피식거리는 소리가 흘러나왔다. 김아영은 눈치가 없는 여자가 아니었다. 오히려 그 힘든 연예계에서 구르고 굴렀기 때문에 눈치 하나는 발군이었다. 그럼에도 그녀가 이렇게 장난을 치는 건 딱딱한 분위기를 싫어했기 때문이다.

"하아, 왜 매번 새로운 놈들이 나올까요?"

포기한 개미들이 아래서 서성거리기 시작하자 한지원은 그런 개미들을 잠깐 봤다가, 건너편의 여왕개미에게 시선을 주면

서 말했다. 석영은 쓴 미소를 지을 뿐 대답하지 않았다. 사실
대답할 게 없었다.

왜?

석영도 모르기 때문이었다.

진화는 원래 오랜 시간을 두고 천천히, 조금씩 이루어진다. 그
런데 이놈들은 그냥 어느 날, 하루아침에 휙! 변해서 나타났다.
이게 가능한 건지는 둘째 치고, 대체 무엇이 그걸 가능하게
해주는지도 몰랐다.

끼기긱!

긱!

여왕개미가 날개를 푸드덕거리자 기괴한 소음이 다시 들려
왔다. 석영은 그 소리를 듣고 확실히 개미 새끼들의 명령 체계
가 잡혔다는 확신을 내렸다. 알을 까는 것만 해도 최악인데,
거기에 이제는 체계적인 질서까지 생겼다.

강군(强軍)을 양성하는 첫 번째 조건은 바로 질서다. 질서
가 잡히지 않은 군대는 아무리 개개인의 능력이 뛰어나도 오
합지졸이나 다름없었다. 저 개미들은 유저가 아니면 웬만한
군인은 가볍게 찢어발기는 강력한 몬스터다. 그런 몬스터가
수십수백 개체씩 무리 지어 다니는 것도 살벌한데 이제는 여
왕개미를 중심으로 질서가 생겨났다.

"아, 미치겠네. 진짜……."

한지원의 말이 끝나기 무섭게 개미들이 다시 움직였다. 석영이 있는 절벽 쪽은 아니었다. 방향은 그 반대쪽, 폐광이 있는 쪽이었다.

콰앙!

쾅!

낫보다 예리한 앞발을 휘둘러 철문을 마구 두들기기 시작했다. 짙은 회색의 철문이 개미의 사정없는 공격에 조금씩 우그러지기 시작했다.

"저거 어쩌냐… 아오."

나창미의 조용한 말이 분위기를 아주 착 가라앉게 만들었다.

저 철문 안에는 러시아 시민 100여 명 정도가 있었다. 남은 건 저 철문 하나뿐이다. 안에 문이 더 있다고 해도 철문을 부술 정도로 충격을 줄 수 있다는 걸 지금 거대 병정개미가 보여주고 있었다. 도와줘야 하는데, 상황이 상황이다 보니 뭘 어떻게 해줄 수 있는 게 없었다. 백린탄을 터뜨리고 싶은데 내성까지 갖췄고, 밑으로 내려가서 조지자니 건너편 절벽에 있는 여왕개미가 너무나 신경 쓰였다.

한지원은 냉정했다. 저대로 두면 저 안에 있는 시민들이 다 죽는다는 걸 알면서도 구출 작전을 중지했고, 지금도 지켜만 볼 뿐 나서지 않았다. 팀의 안전을 최우선으로 생각하기 때문에 나온 결정이었다.

하지만 그런 한지원을 대신해 다른 사람이 명령을 내렸다.

발포(пушечный)!

전장을 쩌렁쩌렁 울리는 러시아어에 개미들은 물론 석영의 시선도 소리가 들려온 곳으로 급히 돌아갔다.

그곳에는 짙은 회색 군복을 입은 일단의 무리가 있었다.

투두두두둥!

수십 발의 미사일이 장갑차량 위, 다연장로켓(Multiple Rocket)을 통해 하늘 높이 날아올랐다.

"피해!"

미사일은 무시무시한 폭발력을 동반할 것이다.

한 발도 아니고 피유! 하고 떠오른 미사일만 대충 봐도 50발 이상이었다. 저게 일시에 터지면 절벽 위라고 무사할 리가 없었다. 게다가 반 정도만 개미들을 노렸고, 나머지 반은 양 측면을 노렸다.

즉, 절벽의 중간쯤을 노렸다는 뜻이다.

석영은 한지원의 목소리에 급히 몸을 날렸다. 신형을 돌리고, 있는 힘껏 숲으로 내달렸다. 생각지도 못했던 상황이라 심장이 덜컹거렸지만 몸은 의지를 따라 아주 잘 움직여 줬다.

나무 몇 개를 통과하는 순간 콰콰쾅! 콰앙! 콰웅! 수십 발의 미사일이 연달아 터지기 시작했다. 동시에 끼에엑! 하는 개미들의 기괴한 비명 소리도 같이 들려왔지만 고통에 찬 비명은 아닌 것 같았다.

수십 발의 미사일이 터졌기 때문에 엄청난 후폭풍이 뒤따라 왔다. 잘게 부서진 돌 조각들이 용권풍에 휘말려 하늘 높이 비산했다가 막 떨어졌다.

석영은 몸을 웅크려 엎드린 채로 양손으로 머리를 감쌌다.

난데없는 포격에 이가 확 갈렸지만 일단은 이 시간을 넘기는 게 훨씬 중요했다. 다행히 후폭풍은 오래가지 않았다. 떠올랐던 돌 조각들이 전부 바닥에 떨어졌을 때는 화르르 불길이 일어난 소리만 들릴 뿐이었다.

"이런 쌍! 어떤 새끼들이야!"

나창미가 고개를 들며 버럭 지른 외침에 석영도 격렬한 공감을 보냈다. 난데없이 미사일이 휘리릭 날아들었다. 그것도 한두 발도 아니고, 수십 발을 갈겼다. 넋 놓고 있었으면 저 미친 불 폭풍에 그대로 쓸려갈 뻔했다.

그러니 진짜 욕이 안 나올 수가 없는 상황이었다.

"어디서 많이 듣던 목소리 같은데요?"

샐러리맨, 라크가 한 말에 나창미가 갑자기 흠칫 놀랐다.

하지만 곧 정상으로 돌아왔다.

"나도 그렇게 느꼈어. 일단 대기, 그 사람이라면 어째 저 한 번으로 끝날 것 같진 않아."

"하하, 그러겠죠?"

말이 끝나기 무섭게 다시 투두두두둥! 거리는 북치는 소리
와 비슷한 소리가 다시 울려 퍼졌다.

"오, 뻑킹!"

투 핸드가 짜증 가득한 목소리로 다시 고개를 처박았다. 에
휴, 하는 한숨과 함께 한지원이 다시 피하라는 명령을 내렸다.
아까와 똑같은 맹렬한 후폭풍이 잠시 뒤에 전장을 뒤덮었다.

픽!

주먹만 한 돌덩이가 손등에 떨어졌다. 하지만 끼고 있던 장
갑 때문에 그리 통증은 없었다.

다시금 한차례 다연장로켓 미사일이 만든 후폭풍이 지나가
자 석영은 뭐 이리 무식한 족속들이 있나 싶은 생각이 들었다.

"아, 미쳤나, 진짜! 주변에 누가 있나 없나 확인도 안 하고
그냥 미사일부터 갈기는 것들이 대체 어디 있냐고!"

아영도 짜증이 났는지 아주 격렬하게 으르렁거렸다.

"하아, 그 언니도 참 무식해."

한지원의 말에 석영과 아영의 시선이 휙 소리가 나도록 그
녀에게 돌아갔다.

"아는 사람입니까?"

"아마도요."

"……"

"당부하는데, 그 언니는 건드리지 마요. 세계에서 가장 무서

운 여자를 꼽으면 세 손가락 안에 들어가는 사람이니까."

"누군데 그럽니까?"

"전직 군인, 현직 마피아예요."

석영의 고개가 갸웃하자 그녀는 나중에 보면 알아요, 이러더니 다시금 부대를 추슬렀다.

상황을 확인하러 정찰조를 보냈고, 부대를 뒤로 더 물렀다. 하지만 석영은 절벽으로 나왔다. 아영이 앞에서 가드를 섰고, 다시 숲을 빠져나와 보니 아주 그냥 아수라장이었다. 절벽이 무너져 토사와 돌덩이들이 개미들이 있던 곳을 사정없이 덮쳤다. 그리고 그 위를 불길이 뒤덮고 있었다. 언제 기름을 끼얹었는지 매캐한 특유의 냄새가 후각을 자극했다. 거기에 개미의 육신이 타면서 나는 냄새까지 섞여 아주 그냥 엉망진창이었다.

인상을 잔뜩 찌푸린 채로 아래를 주시했던 석영은 건너편 절벽을 다시 바라봤다. 끼긱거리면서 여왕개미와 그 친위대가 점점 멀어지고 있었다.

"헐… 도망도 쳐?"

아영이 어이없어 하며 한 말에 석영도 고개를 절레절레 저었다. 저 정도 지능이면 정말 나중에 상대할 땐 짜증이 장난 아니게 올라올 것 같았다.

"고생길 환하게 열렸네요."

어느새 다가온 한지원은 그렇게 말하고는 무식하게 미사일을 퍼부운 부대로 시선을 돌렸다. 그들은 그곳에서 꼼짝도 없이 대기하고 있었다. 석영은 그 부대를 보면서 눈살을 작게 찌푸렸다.

뭔가가… 달랐다.

석영도 군대는 갔다 왔다.

세계에 유일하게 남아 있는 휴전 국가인 한국의 국군 레벨은 전 세계에서도 열 손가락 안에 들 정도로 강군이었다. 비리만 없었어도 톱 레벨에 들 정도로 강한 군에서 2년 가까이 있었다. 특전사를 포함한 특수부대원들은 별로 못 봤지만 그래도 특유의 느낌이란 게 있었다. 당당한 자신감을 포함해서 뭔가 겉으로 드러나는 위압감 같은 게 있는데, 저 무리는 달랐다.

음험함.

서늘함.

열화와 같은 패기(覇氣)보다는 얼음장 같은 살기(殺氣)가 훨씬 짙게 느껴졌다. 그래서 장세미가 이끄는 부대와도 비슷하면서 조금 달랐다. 하지만 똑같은 것도 있었다. 고도로 훈련받고, 수많은 실전 경험을 거친 백전연마(百戰練磨)의 초정밀 살인 기계, 딱 그런 느낌은 둘이 똑같았다.

진화를 이루며 개화하고 있는 감각이 던져주는 정보니까 석영은 거의 확실하다고 봤다. 그러다 보니 어느 정도 정체도 알 수 있을 것 같았다.

'비밀리에 작전을 수행했던 사연 많은 특수부대……'

한지원이 소속되고, 장세미가 이끄는 특수부대가 딱 그랬다. 21세기 대한민국에는 절대 없었을 것 같은 일이었지만 눈앞에 실제로 존재하는 이들이 한지원이 소속된 전간대대였다.

"오빠."

"응?"

"어째 저 사람들도 장난 아닐 것 같지?"

"그럴 것 같다."

아영이도 느낀 것 같았다.

요즘 비정상적인 사람들과 다니다 보니, 만나는 사람마다 어떻게 된 게 정상인 사람들이 한 명도 없었다.

"석영 씨."

"네."

"마무리 좀 해주실래요?"

한지원의 말에 석영은 활시위에 손가락을 걸었다. 돌과 흙에 깔려 움직이지도 못하는 표적이다. 저런 걸 정리하는 건 일도 아니었다. 첫 발이 시위를 떠나면서 석영은 꿈틀거리는 모든 것에게 확실한 죽음을 주었다. 그 단조로운 행위는 약 10분 가까이 계속됐고, 전장은 무덤이 되었다.

*　　　*　　　*

확인 사살을 끝낸 석영은 무차별 난사를 해댔다. 혹시 돌더미 안에 살아 있는 놈들이 있을지도 모른다는 생각 때문이었다. 그리고 확실히 몇 번은 개미의 비명이 들린 것도 같았다. 그 이후에야 화재가 진압됐다.

화재가 진압될 때쯤, 석영이 있는 언덕 쪽으로 러시아인 몇 명이 다가왔다. 석영은 그들을 보며 '또?' 하는 마음이 들었다. 다섯 명이 올라왔는데 딱 중앙에 지휘관으로 보이는 사람은 여성이었다.

일단 40대는 넘은 것 같고, 키가 엄청 컸다. 못해도 180은 넘는 것 같았다. 굽이 낮은 군화인데도 석영과 눈높이가 비슷했다.

한 가지 더 특징이 있다면 얼굴의 흉터였다. 화상을 입었는지 일반 피부색과 굉장히 비교되는 거친 흉터가 얼굴 군데군데 나 있었다. 러시아인 특유의 단단한 체형이지만 눈빛은 그야말로 끝내줬다.

석영은 그런 지휘관을 보는 순간 인상을 찌푸렸다.

장세미와는 전혀 다른 분위기였다. 뭐랄까… 사람 같지 않은, 그런 분위기? 특히 눈빛은 살벌하다는 말이 대체 뭔지 아주 절실하게 느낄 수 있었다.

"역시 그대들이군."

후우…….

시가의 연기를 내뿜으며 한 지휘관의 말에 한지원은 가볍게 경례를 붙였다.

석영은 좀 놀랐다. 저 자존감 높은 한지원이 자발적인 경례를 할 정도면 대체 눈앞에 저 여자가 얼마나 대단하다는 소릴까?

"아프간 전쟁 들어봤지?"

"네, 물론입니다."

나창미의 말에 석영은 고개를 끄덕이며 대답했다.

세계사 시간에 배운 적이 있었다.

아프가니스탄 전쟁, 구소련이 참전한 마지막 공식 전쟁. 79년 부터 89년까지, 무려 10년에 가까운 기간 동안 전쟁이 벌어졌지만 결과는 구소련의 패배로 끝났다.

"그 전쟁도 참여했던 군인이야. 그것도 열여섯의 나이로."

옆에서 아영이 헐, 하고 탄성을 흘렸다.

미성년자인 16세에 전쟁 참전을? 그것도 여성의 몸으로?

구소련이 아무리 공산주의 국가라도 그런 미친 짓은 안 했을 텐데? 하는 생각이 들었다.

"뭐, 들리는 얘기론 아버지가 군인이었는데, 전쟁을 격렬하게 비판했다나? 그에 대한 보복으로 끌려갔대. 원래는 사격 선수였는데 말이야."

"그렇다고 그 나이의 여성을 전쟁에 보내기도 합니까?"

"구소련이잖아?"

아, 하긴.

38선 이북에 있는 북한만 봐도 별말도 안 되는, 진짜 별의별 일이 다 벌어졌다. 그걸 보면 그리 불가능한 일도 아니었다.

"쨌든 뭐, 무슨 사정이 있어서 전역하고 지금은 사할린 마피아의 간부가 됐지."

"마피아……."

"엄청난 여자야. 나도 저 언니한테는 안 까부니까 당신도 참고해."

석영은 말없이 고개만 끄덕였다.

안 그래도 별로 엮이고 싶은 생각은 없었다.

"헤이, 야폰스키(ヤポンスキー). 오랜만이야?"

"반갑습니다, 미스 발할라."

라크와 반갑게 인사를 하는 걸 보면 성격은 그리 모나지 않은 것 같았다.

"안 그래도 찾고 있었습니다."

"여기서는 통신이 안 되니까."

"러시아에 이런 일이 벌어지게 되어 매우 유감입니다."

라크의 위로에 후우, 하고 시가 연기를 뱉은 미스 발할라가 쓴 미소를 지었다.

"벌받는 거지."

"그래도 역시 이곳에 있었군요."

"빌어먹을 조국애가 아직은 내 가슴속에 남아 있었던 모양이야."

"미스 발할라답습니다."

피식.

후우…….

"그나저나 야폰스키와 투 핸드에 투 에스까지 여기 있는 걸 보아 더글라스도 있겠네?"

"네, 지금 후방으로 빠져서 빌이랑 차량 점검 중입니다."

"왜 온 거야, 이 미친 땅에?"

"왜긴요?"

"러시아의 위기를 눈뜨고 넘어갈 수 없어서 같은 개소리는 하지 말고."

말은 살벌했지만 뉘앙스로 보아 화를 내는 건 아니었다. 라크는 여유롭게 웃고는 대답했다.

"러시아가 무너지면 다른 국가라고 안전하겠습니까? 가능하면 이곳에서 끝내는 게 낫지요. 그리고 뭐, 물자도 좀 조달할 겸 참전했습니다."

"흠, 그렇군. 그 정도야 이해하지. 내가 할 말은 아니지만 그래도 고마워. 한 중위의 부대야 뭐, 왜 들어왔는지 뻔하고. 그보다 저 친구는? 저 친구가 아까 그 시꺼먼 뭔가를 막 날렸던 친구지?"

미스 발할라의 시선이 석영에게 넘어왔다.

"한 중위 부대의 동료라고 합니다."

"그래? 흠, 히어로(repon)?"

러시아에서도 미국처럼 유저들을 히어로라고 부르는 걸 알고 있었다. 발음이 좀 이상했지만 석영은 용케 알아듣고 고개를 끄덕였다.

"흐음……."

가까이 다가온 미스 발할라가 상체를 슥 숙여서 석영을 보다가, 입가에 의미를 알 수 없는 미소를 지었다.

"한 중위."

"네?"

"이 사내… 그와 비슷한 냄새가 나는데?"

미스 발할라의 말에 주변에서 분주하게 움직이던 모든 대원이 흠칫 놀라고는 움직임을 전부 멈췄다. 그러곤 고개만 돌려, 표정이 싸늘하게 굳어가는 한지원을 조심스럽게 바라봤다.

『전장의 저격수』 7권에 계속…

초대형 24시 만화방

신간 100%, 샤워실, 흡연실, 수면실(침대석), 커플석, 세탁기 완비

▪ 광명 광명사거리역점 ▪

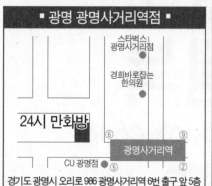

경기도 광명시 오리로 986 광명사거리역 6번 출구 앞 5층
02) 2625-9940 (솔목타워 5층)

▪ 강북 노원역점 ▪

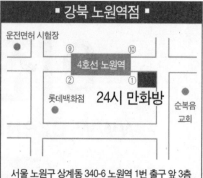

서울 노원구 상계동 340-6 노원역 1번 출구 앞 3층
02) 951-8324 (화용빌딩 3층)

▪ 일산 정발산역점 ▪

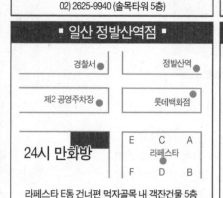

라페스타 E동 건너편 먹자골목 내 객잔건물 5층
031) 914-1957

▪ 일산 화정역점 ▪

경기도 고양시 덕양구 화정동 984번지 서일빌딩 7층
031) 979-4874 (서일사우나 건물 7층)

▪ 부천 역곡역점 ▪

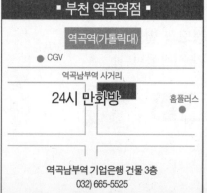

역곡남부역 기업은행 건물 3층
032) 665-5525

▪ 부평역점 ▪

(구)진선미 예식장 뒤 한신포차 건물 10층
032) 522-2871

이성현 장편소설

FUSION FANTASTIC STORY

30인의 회귀자

100인의 결사대가 결성된 지 10년,
생존자는 30명뿐!

"이번 생은 실패로 끝났지만
또 한 번의 기회를 손에 쥐었다."

기억을 지닌 채 과거로 돌아가는 비법,
시간 회귀술을 손에 넣은 결사대는
과연 미래를 바꿀 수 있을 것인가!

전생을 잊지 못한 이들의 일대기가 시작된다!

Book Publishing CHUNGEORAM

유행이 아닌 자유추구 -
WWW.chungeoram.com

FUSION FANTASTIC STORY
임영기 장편소설
상남자 스타일
의뢰 성공률 100%를 자랑하는 만능술사 '골드핑거' 강선우.
사실 그에겐 말 못 할 비밀이 있는데…….
바로 신족의 가문 '신강가(神姜家)' 와
다국적 기업 '스포그(SFOG)' 의 도련님이라는 사실!
"내가 만능술사를 하는 이유는
세상을 이롭게 하기 위해서야."
돈이면 돈, 권력이면 권력, 능력이면 능력.
모든 것을 다 가진 그가 해결 못 할 의뢰는 없다!
지금 전 세계가 그의 행보에 주목한다!
Book Publishing CHUNGEORAM
유행이 아닌 자유추구 -
WWW.chungeoram.com

매검향 장편소설

FUSION FANTASTIC STORY

재벌닷컴

chaenu.com

두 번의 자살 시도, 환갑이 지난 나이에 찾아온 위암.
비참한 생을 영위하다가 생을 마감했던 태호.
모진 고생 덕분인지 시간을 거슬러 과거로 회귀한다.

지긋지긋한 가난은 싫다!
금생에는 꼭 재벌이 되어 돈에 맺힌 한을 풀겠어!

미래를 꿰뚫는 통찰력과 함께
성공의 길로 일로매진하는
태호의 일대기가 시작된다!

Book Publishing CHUNGEORAM

유행이 아닌 자유추구 -
WWW.chungeoram.com